本书由深圳职业技术学院学术著作出版
基金资助出版

“文蕴画心”

从毛姆小说创作看高更的影响

梁晴 著

暨南大学出版社
JINAN UNIVERSITY PRESS

中国 · 广州

图书在版编目（CIP）数据

“文蕴画心”：从毛姆小说创作看高更的影响/梁晴著．—广州：暨南大学出版社，2015.8
ISBN 978-7-5668-1551-4

Ⅰ.①文…　Ⅱ.①梁…　Ⅲ.①W.S. 毛姆（1874—1965）—小说研究　Ⅳ.①I561.074

中国版本图书馆 CIP 数据核字（2015）第 155562 号

出版发行：暨南大学出版社

地　址：中国广州暨南大学
电　话：总编室（8620）85221601
　　　　营销部（8620）85225284　85228291　85228292（邮购）
传　真：（8620）85221583（办公室）　85223774（营销部）
邮　编：510630
网　址：http://www.jnupress.com　http://press.jnu.edu.cn

排　版：广州市天河星辰文化发展部照排中心
印　刷：佛山市浩文彩色印刷有限公司

开　本：880mm×1230mm　1/32
印　张：5.875
字　数：135 千
版　次：2015 年 8 月第 1 版
印　次：2015 年 8 月第 1 次

定　价：23.00 元

图1　塔希堤女人

图 2　海边的塔希提少女

图 3　你嫉妒吗?

图 4　向玛利亚致敬

图5　黄色的基督

图 6　泰胡拉看见死魂灵

图 7　我们从哪里来？我们是谁？我们要到哪里去？

图 8　手捧果盘的女人

图9　雅各与天使的搏斗

序

文学和绘画的关系在古今中外都是一个永恒的话题。“诗画同源”和“诗画异质”的争论不绝于耳。中国古代很早就有“诗画一律”的传统。与之形成鲜明对照的是，启蒙运动时期的德国美学家莱辛在其著作《拉奥孔》中，通过对拉奥孔父子被蟒蛇缠绕的神话故事在史诗和古希腊雕塑作品中的不同表现，系统地探析了时间艺术的诗与空间艺术的雕塑、绘画各自的特殊性质，指出艺术手段的不同必然导致艺术表现的差异。莱辛的这一论述，开启了人们对不同艺术门类相关关系的研究兴趣。另一位德国古典美学家黑格尔继承莱辛的观点，认为绘画与诗是艺术发展史中的两个环节，艺术终将超越感性的艺术媒介向精神性的艺术媒介（声音、语言）发展，诗才是艺术的最高形式，他认为文学的地位远远高于绘画。现代美学家则反对将各类不同的艺术进行机械的分割。他们把文学和绘画，乃至其他一切艺术都看作人类情感的知觉形式，表达人类共同的情感，因此，有着一种不受媒介差别所左右的生命威力和共同的美学规律。兴起于19世纪末的比较文学在20世纪80年代的中国，发展成一门最有活力的“显学”。这门学科除了对不同国别和语言的文学进行比较研究，还强调以跨学科的意识和视野，探讨文学与包括绘画在内的其他艺术的相互借鉴、相互生发、相互印证、相互影响的多方面关系。

20世纪80年代，傅惟慈、周煦良、潘绍中等老一辈优秀的翻译家把毛姆作品译介到中国，引起国内众多研究者的关注，曾掀起一次“毛姆热”。他们对毛姆长、短篇小说的评论和研究可谓“汗牛充栋”。梁晴的选题颇为独到。她喜爱毛姆作品，更留意到毛姆对绘画艺术的热爱。她从与毛姆相关的传记、书信和评论中找到大量实证证明这位英国小说家对法国后印象派画家高更的浓厚兴趣，并在小说家的文学作品中发掘蛛丝马迹，以跨学科的比较视野，从小说作品的主题、叙事技巧和人物塑造等方面，探讨高更对毛姆的文学创作产生的潜移默化的影响，为毛姆研究增添了一笔鲜亮的暖色，这是一次值得鼓励的尝试。她的这一研究，不仅丰富、深化了学术界对毛姆的研究，为毛姆的小说提供了新的解释空间，而且为比较文学的跨学科研究提出了一个鲜活的、成功的艺术经验。

梁晴于2006年考入暨南大学从我攻读博士学位。她以前就读于四川外语学院（今四川外国语大学，下同），本科毕业后以优异的成绩保送至四川外语学院的研究生部攻读英美文学硕士学位，硕士毕业后又在深圳一所高职院校从事英语教学工作多年。暨南大学文艺学学科历来重视文学研究中的比较意识和方法。这些便促成梁晴的既有基础、兴趣爱好与这里的学术氛围、研究套路的因缘交集！入校后我听了她的汇报，根据她的上述情况，鼓励她进行这一选题的研究，并指导她阅读有关比较文学的书籍，力求掌握比较文学的方法，开阔其视野、培植其意识。同时引导她研读西方美学史著作，以及中国古代诗画关系研究的相关论著。梁晴的性格开朗直爽，富小资情调。文学与绘画也是她恒久的兴趣所在，把文学研究与自身的爱好相结合，令她的寂寂书斋生活充满着阳光与生命的热度。现在她的研究成果即将出版，我感到十分高兴，同时也送上满满的真诚的祝福和肫切的期望！

刘绍瑾

2015 年 5 月 9 日于广州羊城苑

目　录

绪　论

1965 年 12 月 22 日清晨，一小列哀悼的送葬队伍缓缓行至伦敦市郊坎特伯雷皇家学校的图书馆前，将一只小桃花心木的骨灰盒下葬在草坪中央的小墓穴里。骨灰盒上的一块镍牌镌刻着：威廉·萨默塞特·毛姆　一八七四——一九六五。学校之外的天空中弥漫着圣诞节前夕的快乐气氛，曾给千万人带来欢乐和欣慰的毛姆（William Somerset Maugham）却将从此沉睡于黑暗寂静之中，仅余他的故事欢娱人们。

长久以来，评论家并没有给予毛姆公正的评价。他们认为毛姆不像与他同时代的普鲁斯特、乔伊斯、劳伦斯和伍尔芙等现代主义作家那样，擅长于采用丰富的抽象、时髦的意识流手法和象征意义的陈述，许多人认为他的作品太过一目了然，缺乏意义和技巧上的深度。有人曾评论他“缺乏艾略特崇拜仪式的怀乡情绪，也不能提升到 D. H. 劳伦斯那样预言式的顶点”。[①] 因此，文学评论界对他的态度一直比较冷淡，包括 *The Norton Anthology of English Literature*（《诺顿英国

① ［法］波伊耳著，梁识梅译：《天堂之魔——毛姆传》，北京：中国文联出版公司 1987 年版，第 133 页。

文选》）和 *British Literature*（《不列颠文学史》）在内的几乎所有的英国文学史著作都只是对毛姆轻描淡写，一笔带过。他也自谦为一个“较好的二流作家”。毛姆也许不是评论家眼中卓尔不群的文学界泰斗，但他自始至终选择了站在读者一边。正因为他的作品故事性强，没有艰深晦涩的语言，具有很强的可读性，而且无论在内容还是形式上都有较强的艺术魅力，所以他能成为英国文学史上雅俗共赏、深受广大读者青睐的作家之一。

毛姆注定不会像某些作家那样，伴着一抔黄土随风而逝，从此销声匿迹。他的名字已经铭刻在读者的记忆之中。毛姆在 91 年的生命中，一直笔耕不辍，创作生涯长达半个多世纪。他 88 岁高龄时，还推出了最后一部书——《怡情篇》。他写作了 122 部长、短篇小说（其中约有 80 部被搬上了银幕），20 多个剧本，以及大量的游记、随笔和评论作品。毛姆运用了除诗歌之外的所有文学形式进行创作，这在英国文坛非常罕见。1952 年，牛津大学授予他“荣誉文学博士”的称号；1954 年，在他 80 寿辰之时，英国皇室又授予他显赫的“荣誉团骑士”称号；1961 年，他的母校，德国海德堡大学授予他“名誉校董”的称号。在他去世之后，美国耶鲁大学建立了档案馆以资纪念。毛姆取得的成就使他不仅成为英国 20 世纪最著名的作家之一，而且也成为一个在全世界享有盛名的作家。

第一节 “二流作家”的艺术魅力

毛姆的重要作品《人生的枷锁》《刀锋》《月亮和六便士》《寻欢作乐》《克雷杜克夫人》《面纱》，以及他的几十部短篇小说逐一被译介到中国之后，备受广大中国读者的喜爱。傅惟慈、周煦良、潘绍中等著名翻译家不但以他们精湛的译笔将中国读者引领到毛姆的文学世界中，还纷纷为译著作序言或著文介绍毛姆其人及其作品。从此，自谦为“二流作家”的毛姆向中国读者展示了其经久不衰的艺术魅力。自20世纪80年代初开始，风靡一时的“毛姆热”引起了我国众多外国文学爱好者和外国文学工作者的关注。他们开始对毛姆的长、短篇小说展开不同角度的研究和探讨。对于短篇小说的研究主要集中在主题和艺术特色的分析这两个论题上。①

通观毛姆创作的大量短篇小说，不难发现其作品最为突出的特点即内容上的丰富和形式上的多变。他通过描绘英国社会各个阶层真实的生活情景，以及在这些情景之中的形形色色的人物形象，揭露潜藏在英国社会浮华外表之下的真实生态图景和尖锐的社会问题。潘绍中在他翻译的《毛姆短篇小说选》（英汉对照）“序言”中说：“毛姆塑造了众多的人

---

① 申利锋：《二十世纪八十年代以来的我国毛姆研究》，《外国文学研究》2001年第4期。本小节的论述结构参照了该论文的论述框架，特此说明。

物：狂妄虚伪的大臣要员和奴颜婢膝的姨娘听差，百无聊赖的名门闺秀和命运多舛的小家碧玉，脑满肠肥的名士乡绅和挣扎度日的艺人流民……对那个社会里光怪陆离，尔虞我诈的人情世态，作了淋漓尽致的揭露。”① 另有论者也曾有相同的评论：“他描写英法两国的社会生活，揭露上流社会尔虞我诈，钩心斗角，道德堕落，讽刺有闲阶级的荒唐行径是毛姆的另一重要主题。毛姆通过对达官要人、名门闺秀、乡绅阔佬等一系列人物的刻画，揭示了资本主义上流社会金玉其外，败絮其内的实质。”② 《宝贝》《蒙德拉哥勋爵》《现象与实质》《上校夫人》等即表现这一主题的名篇佳作。毛姆短篇小说的另一个显著特色是弥漫于小说中的浓郁异国情调。毛姆一生酷爱旅游，曾遍访名川大山，他把旅途中的所见所闻都记录下来，并精心构筑于自己的作品中。在他的笔下，“从南太平洋的碧波万顷到北婆罗洲的莽莽丛林，从东印度群岛的椰林球礁到墨西哥庄园的牧歌琴声，从纸醉金迷的巴黎到船舶云集的大阪”，③ 都有毛姆寻幽探奇的身影。海外一些国家更容易令毛姆产生亲切感，他长年逗留其间，人们甚至把东南亚的一些国家称为“毛姆国”。④ 毛姆还在作品中描绘了

① 潘绍中：《评萨默塞特·毛姆的短篇小说》，见潘绍中编译：《毛姆短篇小说选》（英汉对照）“序言”，北京：商务印书馆 1983 年版，第 7 页。

② 孙妮：《毛姆短篇小说艺术特色浅论》，《安徽师范大学学报》（哲学社会科学版）1997 年第 3 期。

③ 潘绍中：《评萨默塞特·毛姆的短篇小说》，见潘绍中编译：《毛姆短篇小说选》（英汉对照）“序言”，北京：商务印书馆 1983 年版，第 7 页。

④ ［美］特德·摩根著，梅影、舒云、晓静译：《人世的挑剔者——毛姆传》，长沙：湖南人民出版社 1986 年版，第 270 页。

林林总总的海外英国人形象。他“用敏锐的目光捕捉有趣的细节，用简练而准确的笔法塑造出形形色色的殖民官员、传教士、商人、冒险者、种植园主、土著居民、赌徒和妓女的形象”。[①] 而且论者还发现毛姆是“以奚落揶揄的态度勾勒殖民地白人官员、商人、教士、种植园主的丑态”。[②] 出于对海外国家的热爱和对英国殖民者的憎恶，毛姆以异常尖刻、犀利的语言将上层社会和殖民主义分子的诸般丑态暴露于光天化日之下。因此，刘宪之在《毛姆小说集》之“译后记”中说：“在英国文学中，以奚落、揶揄、讽刺的态度勾画殖民者的形象，毛姆的短篇小说开创了一个先例。”[③] 除了以上两个主题之外，毛姆以他为英国海外情报部门服务时的亲身经历创作的短篇小说集《英国间谍阿申登》也引起了读者和研究者们的兴趣。这本短篇小说集以反映间谍活动为题材，由于作者对间谍活动中人物内心精神世界的揭示以及性格形象的塑造而“不落窠臼”，避免落入“斗篷和匕首”的俗套故事。侯维瑞和潘绍中都曾分别论述过其间谍小说的艺术特色。

首先，国内论者大都认为毛姆短篇小说的显著艺术特色在于其跌宕起伏、引人入胜的故事情节。《午餐》《带伤疤的人》和《万事通先生》等就是这一类型的代表。这些小说以其悬念和高潮交叠出现的情节而深深吸引了读者。有评论者

---

① 侯维瑞：《现代英国小说史》，上海：上海外语教育出版社 1996 年版，第 119 页。

② 明静：《英国现代文坛泰斗：毛姆》，《世界图书》（A 辑）1982 年第 3 期。

③ ［英］毛姆著，刘宪之译：《毛姆小说集》“译后记”，天津：百花文艺出版社 1984 年版。

因此得出结论说：“毛姆的小说之所以能够广泛流行而经久不衰，其中一个重要原因就是结构紧凑，情节曲折。”① 他们认为这与毛姆自己强调小说的趣味性和故事性的文学主张有关。另有论者注意到，毛姆善于给故事一个意外而又符合故事发展逻辑的结局，这类短篇小说带有浓厚的欧·亨利短篇小说的叙事色彩，给读者留下更多的想象空间。其次，毛姆短篇小说的另一大艺术魅力在于他一直推崇使用“明晰、简洁、悦耳”的语言风格。在薛相林和张敏生合著的论文中，他们认为：“毛姆能够拥有大批读者的另一原因是他的语言风格明白畅达、朴实无华，与不少现代主义作品语言晦涩艰深大不相同。”若想悠闲地排遣一个下午的话，那么，毛姆的作品的确比那些贬低他缺乏深度的人的作品更具阅读性。他被公认为是掌握了语言魔法的大师。他作品的语言不仅丰富、通俗易懂，而且诙谐幽默，富于表现力，并以简洁明晰为其特色。再加上他敏锐的洞察力和犀利的眼光，在糅合英语、法语这两种语言特点的基础上，形成了犹如“金刚刀切割”一般利落有力的文风。两位论者因此总结道：“毛姆的文字干净利落，规范易懂，既无晦涩、生造的辞藻，累赘难解的长句，又无通俗作家一般喜用的大量土语俚语，而做到雅俗共赏，人人爱读……”②

除了从作品的内容和形式这两个方面来探讨毛姆短篇小

① 胡柯：《引而不发　善露善藏——试析〈全懂先生〉的艺术特色》，《名作欣赏》1983 年第 2 期。

② 薛相林、张敏生：《毛姆——为民众写作的艺术大师》，《外国文学研究》1986 年第 4 期。

说的价值之外，还有论者从宏观的角度，运用比较分析的方法对毛姆短篇小说进行了研究，如《英国的“莫泊桑”：简论毛姆的短篇小说创作》就是以俯瞰的视角对毛姆的小说进行整体的研究。[①] 陈钦武的《简析〈带伤疤的人〉——兼探毛姆笔下落泊人物的心理特征》一文则是由个别特例到总体特征来探讨毛姆短篇小说的代表。[②] 赵智的《论毛姆对张爱玲的影响》从比较文学的视野探讨毛姆对张爱玲的影响，以及这些影响具体体现在文学思想、表现形式、传统与现代的结合、精神分析方法这四个方面之上。[③]

目前国内对毛姆的长篇小说的关注主要集中在《人生的枷锁》《月亮和六便士》《寻欢作乐》和《刀锋》这四部小说上。研究的对象也首先是对小说的人物和主题展开的分析。几乎所有的评论者都达成共识，认为毛姆以特定的历史社会为背景，通过塑造给社会带来巨大冲击力的人物形象，追问人生存的价值和意义。在《人生的枷锁》中，毛姆根据自己早年的生活和体验虚构出一个和他有着惊人相似的成长经历的青年——菲利浦。《从〈人生的枷锁〉看人性》和《〈人生的枷锁〉主人公菲利浦的分析》这两篇评论文章的作者都认为毛姆的悲观思想就体现在菲利浦总结的“人生虚无”“生

---

① 伊咏：《英国的“莫泊桑”：简论毛姆的短篇小说创作》，《语文函授》1998年第2期。

② 陈钦武：《简析〈带伤疤的人〉——兼探毛姆笔下落泊人物的心理特征》，《淮北煤师院学报》（社会科学版）1987年第2期。

③ 赵智：《论毛姆对张爱玲的影响》，《湘潭师范学院学报》（社会科学版）2003年第3期。

活并无意义，人生也没有什么目的”的结论中。毛姆通过透视资本主义社会中人的生存状况，展开了对生存意义的探索。同样，对小说《刀锋》的主人公拉里而言：“对人生意义的寻求是拉里形象的灵魂。”① 李天军在《天使与魔鬼——〈刀锋〉的人物形象塑造及毛姆的创作心态》一文中认为：“毛姆笔下的世界物欲横流，人渐渐丧失了本我，如何使人超越物质性，复归精神性，这一重任便落在了拉里的肩上。”② 在对人的存在意义发出追问之后，毛姆的小说主人公又踏上了自我追寻、自我求证的路程。鲁苓在《追寻自我的旅程——读〈月亮和六便士〉》一文中指出：“对于思特克里兰德来说，追寻自我、再现自我是一个永恒的过程，是一个在与传统的抗衡中不断释放自己的过程。”③ 这部以法国印象派画家高更为原型创作的小说，的确是小说主人公在追寻艺术梦想的同时，完成了对自我价值的求证。

对于毛姆长篇小说的艺术特色研究，最近几年出现了新动向，不少论者开始注意到毛姆长篇小说的独特叙事艺术。陈静在《毛姆小说的叙事方式》一文中分析毛姆的第一人称叙事者“我”作为冷静的观察者参与到作品和故事当中，他在小说结构中，采用逆转与呼应的手法、反讽的语调和开放

---

① 龚小凡：《从〈刀锋〉看二十世纪西方社会与印度文化之遇合——〈刀锋〉主人公拉里形象试析》，《内蒙古师大学报》（哲学社会科学汉文版）1989 年第 1 期。

② 李天军：《天使与魔鬼——〈刀锋〉的人物形象塑造及毛姆的创作心态》，《安徽教育学院学报》（社会科学版）1995 年第 4 期。

③ 鲁苓：《追寻自我的旅程——读〈月亮和六便士〉》，《外国文学研究》1999 年第 1 期。

式的结尾，使其后期的成熟作品明显带上现代主义色彩。[①] 王丽丽在《天才的说谎者——论毛姆〈刀锋〉的叙述形式》中指出毛姆隐身在叙事者身后，让叙事者游走在可靠与不可靠的叙述之间，时不时地欺骗读者，“他必须欺骗，以达到让读者首先来裁判他的目的，因为他知道，读者越是感到道德上的无所适从，他们作为一种已然形成的、先于存在的经验，对作品的反应就越强烈”[②]。另外，杨嘉乐的《多元文化冲击下的毛姆叙事》[③] 和古渐的《“锲入观察”与“隔离观察”的有机交合——毛姆长篇小说叙述艺术论》[④] 都是在探讨毛姆长篇小说的叙事艺术。

另外，还有论者从宏观角度对毛姆的长篇小说加以整体把握。这方面的研究主要集中在小说中体现的婚姻爱情模式上，如申利锋在《论毛姆长篇小说中的三种爱情悲剧类型》中总结出“毛姆长篇小说中存在三种爱情悲剧类型——家庭破裂型的爱情悲剧、本能冲动型的爱情悲剧和貌合神离型的爱情悲剧”。[⑤] 并分析了这三种爱情悲剧形成的原因及与毛姆本人不幸的爱情婚姻生活的联系。同时，还有论者用比较文学的方法对毛姆的长篇小说进行了新的尝试。赵晓丽、屈长江在《毛姆与庄周》一文中，从“‘现象与本质’和‘朝三

---

① 陈静：《毛姆小说的叙事方式》，《沈阳教育学院学报》2005 年第 2 期。

② 王丽丽：《天才的说谎者——论毛姆〈刀锋〉的叙述形式》，《湖北师范学院学报》（哲学社会科学版）1990 年第 1 期。

③ 杨嘉乐：《多元文化冲击下的毛姆叙事》，《四川教育学院学报》2006 年第 5 期。

④ 古渐：《“锲入观察”与“隔离观察”的有机交合——毛姆长篇小说叙述艺术论》，《安庆师范学院学报》（社会科学版）1999 年第 2 期。

⑤ 申利锋：《论毛姆长篇小说中的三种爱情悲剧类型》，《理论界》2006 年第 1 期。

暮四’”“拉里和真人”“无道德和非仁义”以及“死亡与生命的意义”这四个方面对毛姆和庄周作了比较。[①] 随后，这两位评论者又撰文《毛姆的审美理想与魏晋风度》，把毛姆的思想倾向与我国魏晋时期的阮籍、嵇康和陶渊明的思想倾向与艺术追求进行比较，从中窥探“东西方两股人性觉醒的文学思潮的共同规律性和存在的本质区别”。[②]

第二节　跨学科的比较视野

综上回顾，不难看出，由于毛姆的大量散文、书评、游记和戏剧还没有被译介到中国，所以自 20 世纪 80 年代以来我国对毛姆的研究都是围绕其小说作品展开的。虽然这些研究成果涵盖的范围广泛，但是主要集中于对作品的文学性阐释上，无人留意到作为文学家的毛姆对其他艺术，特别是对绘画艺术的热爱，以及这种热爱在他的小说创作生涯中产生了怎样的影响。毛姆一生交游甚广，许多著名的插图家、音乐家、画家、作曲家和雕塑家都是他的莫逆之交，绘画一直是毛姆异常倾心的艺术，他对绘画的喜爱是深远而持久的。[③]

① 赵晓丽、屈长江：《毛姆与庄周》，《西北大学学报》（哲学社会科学版）1985 年第 4 期。

② 赵晓丽、屈长江：《毛姆的审美理想与魏晋风度》，《兰州大学学报》（自然科学版）1987 年第 3 期。

③ ［法］波伊耳著，梁识梅译：《天堂之魔——毛姆传》，北京：中国文联出版公司 1987 年版，第 45 页。

英国皇家艺术学院的院长——杰拉德·凯里（Jerald Carry）是毛姆最好的朋友之一，他是英国皇室肖像画家，几乎所有的毛姆肖像画都是出自其手。毛姆游历巴黎期间，杰拉德带着他参观了艺术之都的各个博物馆和画廊陈列的印象派作品，他们之间的亲密友谊维持时间长达六十年。毛姆在与其他众多艺术家的交流中被耳濡目染地熏陶出非同寻常的艺术鉴赏力和品位。他尤其喜爱法国印象派画家保罗·高更（Paul Gauguin）。正如不理解贝多芬的音乐艺术与人生，就无法完全进入罗曼·罗兰的小说世界；不知道艾略特和赫胥黎对音乐的情有独钟，就不能欣赏《四个四重奏》和《旋律与对位》这两部小说中的音乐结构。因此，不深入研究画家高更及其绘画作品对毛姆的影响，我们对毛姆小说艺术的理解也会是不全面的。虽然毛姆与高更生前并无往来接触，高更于1903年病逝于塔希堤时，毛姆还只是伦敦文艺界一个崭露头角的青年作家。但他从各种渠道细心收集画家的生平资料和画作，并于1919年出版以高更为原型创作的传记体小说《月亮和六便士》。笔者长期关注毛姆与绘画艺术的因缘以及他与其他画家之间的交往，从收集到的大量资料中，笔者发现毛姆对高更确实有非常浓厚的兴趣。他们之间的联系不仅仅在于高更为毛姆提供了一个写作素材，还在于这种兴趣超越了一个小说家对其创作对象的好奇，而跃升到精神相契的境界。探寻毛姆对高更产生心理认同的个人原因和社会历史原因，有助于我们从一个全新的角度窥视毛姆的人生境界和艺术境界，并挖掘在其小说创作中，隐藏在某些表象背后深层的精神探索和审美追求；同时，一位作家对一位画家的热爱，必定会影响这位作家的创作过程并在其作品中有所体现。“（毛姆和高更）他们俩所处的时代正值艺术的变革期，此时，整个艺术界都在经历着激烈的巨变。”① 处于相同历史背景下的毛姆和高更，他们的作品表达着共同的主题思想，通过研究相同的主题在文学和绘画这两种不同艺术媒介中的表达，可以看到毛姆是如何吸取绘画艺术之长来丰富自己的语言艺术创造的。

如果要将一位作家的小说作品和一位画家的绘画作品同时置于跨学科的比较视野之下，就不得不先回顾一下这两种不同门类的艺术之间的关系。

雕塑、绘画、建筑、舞蹈、音乐、戏剧、小说、诗歌等各类艺术之间的联系，是美学研究中的一个恒久话题。尤其是诗与画（扩展为文学与造型艺术）之间的关系问题。早在公元前 5 世纪，古希腊抒情诗人西蒙尼德斯就提出了“绘画是无声的诗，诗是有声的画”的说法，其开了诗画一致的先河，嗣后的美学家和诗人大都沿袭他的观点。但西方在文艺复兴之后，一反以前的理论，注重诗与画的区别，探讨各自的特点和界限，出现了研究这个问题的三个高峰，即文艺复兴时期的达·芬奇、启蒙运动时期的莱辛和德国古典美学时期的黑格尔。达·芬奇指出绘画与诗在描绘对象、表达方式及审美效果上都存在着极大的差别。他认为：“在表达言辞

---

① Curtis, Anthony. *Somerset Maugham*. London: Weidenfeld and Nicolson, 1977, p. 68.

上，诗胜画；在表达事实上，画胜诗。”[1] 两百多年后的德国启蒙运动思想家、美学家莱辛，从美学的高度对诗与画的界限作了更系统、更细致的探讨。《拉奥孔》深入探讨了诗与画各自的特殊性质，提出一条艺术规律，即艺术手段的区别必然决定艺术表现的区别。绘画用线条、颜色之类的“自然的符号”，它们在空间中并列，诗则用“人为的符号”，即在时间中发出的声音，“既然符号无可争辩地应该和符号所代表的事物互相协调，那么，在空间中并列的符号就只宜于表现那些全体或部分本来也是在空间中并列的事物，而在时间中先后承续的符号也就只宜于表现那些全体或部分本来也是在时间中先后承续的事物”。[2] 黑格尔将这个问题的研究推向了第三个高峰，他用艺术史和逻辑相结合的新的方式，辩证地考察了诗与画的特征。他认为整个人类艺术经历了象征艺术、古典艺术、浪漫艺术三个阶段，绘画和诗是艺术发展史中的两个环节（都属于浪漫艺术）。艺术史是一部理念精神与感性形象矛盾统一的发展史。感性的艺术媒介（如石头、青铜）愈来愈向精神性的艺术媒介（声音、语言）发展，艺术也愈来愈向人的精神领域延伸，诗成了艺术的最高形式。黑格尔接受了达·芬奇、莱辛的相关观点，也认为凡是要按照外在现象去把握内容、提供观照的，绘画总是占优势，而

---

① ［意］达·芬奇著，戴勉编译：《芬奇论绘画》，北京：人民美术出版社1979年版，第20页。

② ［德］莱辛著，朱光潜译：《拉奥孔》，北京：人民文学出版社2006年版，第82页。

“诗是绝对真实的精神的艺术，是把精神作为精神表现的艺术”。[①] 黑格尔虽然承认画与诗的这种区别，但他对诗的看法无疑比达·芬奇、莱辛更中肯。在达·芬奇和莱辛看来，表现空间中并列的物体美只能是绘画的事情，而诗是无能为力的。但黑格尔认为，这只不过是从感性方面看才会成为诗的一个缺点，而这个缺点是可由精神（心灵）来弥补的。“如果拿诗和绘画来对比，在感性现实和外在定性方面的这种欠缺在诗里却变成一种不可估计的富饶，因为诗不像绘画那样局限于某一特定的空间以及某一情节的某一特定的时刻，这就使诗有可能按照所写对象的内在深度以及时间上发展的广度把它表现出来，‘能够’统摄许多本质定性于一个统一体。”[②] 这样，诗的优点就充分显示了出来，诗不仅可以表现为空间上的并列，而且可以表现为时间上的先后承续，成为一种历史，而这种历史的过程让绘画来表现是不适合的。

在强调诗与画的界限和区别问题的同时，它们之间具有的密切联系也同样不可否认。许多现代美学家又回到文艺复兴前的观点，认为一切艺术在本质上都是相同的。苏珊·朗格曾大胆为艺术下定义：“一切艺术都是创造出来的表现人类情感的知觉形式。”[③] 正因为艺术表达的是人类共同的情感，

① ［德］黑格尔著，寇鹏程译：《美学》第三卷（上册），北京：商务印书馆 1996 年版，第 19 页。

② ［德］黑格尔著，寇鹏程译：《美学》第三卷（下册），北京：商务印书馆 1996 年版，第 20 页。

③ ［美］苏珊·朗格著，滕守尧译：《艺术问题》，南京：南京出版社 2006 年版，第 96 页。

它有着与生命结构相似的有机结构，所以不应将各类不同的艺术进行机械的分割。在最近出版的美学书籍中，几乎每一本的开篇都写着：传统上对各类艺术所进行的区别，是现代人喜欢将自己的生活内容进行分门别类的不良倾向所带来的不良后果。各门艺术之所以有区别，主要取决于它们使用的材料不同以及被这些材料所制约的技术上的不同。现代美学家更愿意认为，种种不同门类的艺术事实上只不过是同一种人类探索活动的各个不同方面。特别是中国学术界，由于中国古典文艺传统更趋向于强调诗画融通，苏轼就称道王维的艺术创作“诗中有画，画中有诗”，在中国古典美学中形成了“诗画一律”的文艺传统并积累了丰富的艺术经验，与莱辛所提出的诗画界限形成鲜明对照。因此，中国现代学者承续了古典文艺美学中的诗画融通精髓，探寻超越艺术门类的共同美学规律。叶维廉在《出位之思——媒体与超媒体的美学》一文中，就认为各门艺术中存在着“一种不受媒体差别所左右的生命威力”,[①] 它是艺术的核心。他质疑了莱辛的美学思想，指出了诗与画超越自身媒体的界限指向诗境这一共同的美感体验。徐复观的《中国画和诗的融合》一文以及邓乔彬在专著《有声画与无声诗》中则多方位地阐释了中国诗画艺术走向融合的过程。诗与画在灵感、主题、风格、技巧、叙述和思想等方面都有互相阐发、互相合作的机缘，人们可以在古今中外的文学与绘画中找到它们互相渗透的大量实例。

① ［美］叶维廉著：《中国诗学》增订版，北京：人民文学出版社2006年版，第206页。

这些学者的研究和论述，为本书的撰写提供了有力的理论支持并给予笔者很大的启发：既然诗与画有着如此紧密的联系，酷爱绘画艺术的小说家所创作的小说作品又会有什么样的独特之处呢？他的小说又会呈现出什么样独特的美学风貌呢？笔者遂萌生一念，试图从跨学科的比较视野来解读毛姆的小说和高更的绘画。

文学批评界一直认为高更对毛姆的贡献在于高更的生平故事为毛姆提供了一本小说的创作原型。而毛姆素来喜欢把身边的朋友或认识的人写进小说，最著名的就是《刀锋》以哲学家维特根斯坦为原型；《寻欢作乐》的男主人公植根于已故的英国文学泰斗哈代，而女主人公则是他年轻时期的热恋对象，另外在其他短篇小说中，更是有不计其数的人物以毛姆在现实中接触的人为原型。当年，许多毛姆所塑造人物的原型起诉他，指责他的描述歪曲了他们的形象，借着毛姆的名气大肆炒作自己，沸沸扬扬地闹取经济赔偿。相比而言，《月亮和六便士》的原型——高更，与毛姆之间则少了这些纠纷。毛姆创作这本小说时，高更已去世多年，无法像其他原型一样事后站出来指责毛姆在描写中有违事实真相。他们之间平静的联系并没有引起人们太多的注意，评论家们的关注也只是局限在讨论小说主人公思特克里兰德与高更有几分相似之上。然而仔细回顾毛姆本人的童年和青年时期的经历，以及他主要的小说作品，不难发现，酷爱绘画的毛姆从高更那里得到的不仅是一本小说的主人公，此外，他小说中的主要人物形象和主题，表现的思想内涵和叙事技巧都从画家和他的画作中获得启示。两位艺术家在表达相同的主题思想时，都发挥了各自艺术领域中不同媒介的优势，毛姆更是从高更及其绘画作品中认识到了空间感觉的重要，他在中后期创作的小说中，采用了与早期长、短篇小说完全不同的叙述方式，增强了作品的空间意识，使读者对作品的理解也向着现代文学的空间形式发展。目前国内的研究中还无人涉及这一领域，因此，笔者希望在书中探讨画家对小说家的影响，借此为毛姆研究开辟一个新的视野，并为诗画互渗研究提供另一个实例。

根据研究对象（一方面是后印象派画家高更及其绘画作品，另一方面是英国作家毛姆及其小说作品）的特性，本书的研究方法主要依据比较文学的跨学科研究和影响研究。这一研究方法是在文学与艺术的差异性中寻找共同的“文心”与“诗心”，探讨文学与其他艺术门类之间的互动和影响。文学与艺术的差异性在于所运用的表现载体不同，比如，文学以文字为表现载体，音乐以声音为表现载体，而绘画以色彩、线条为表现载体，舞蹈以人体为表现载体等。虽然文学与其他相关门类艺术存在着外在表现形式上的差异，但是在表现主题内容、审美价值等方面却有着共同的追求目标。[①] 笔者将此研究方法借用过来，用于一个画家对一个作家作品方面的影响研究。要说明小说作品与画家及其绘画作品的联系，并不是仅仅依靠两者审美价值和美学表现的相似就能直接将它们进行“对接”，而更为重要的是深入研究他们的书信、自传、传记和文学宣言，从中找出两人产生联系的实证，并

---

① 杨乃乔：《比较文学概论》，北京：北京大学出版社2005年版，第146页。

与他们作品的主题、风格这些“精神”上的相似性进行互证，即把比较文学的影响研究和平行研究的方法进行综合，从而发现这两位艺术家的创作之间的深层联系。在小说家毛姆对绘画艺术长达半个多世纪的浓厚兴趣这一基础上，进一步论证他从绘画作品中汲取的灵感和受到的启发。

本书一共分为五章，第一章根据两位艺术家的历史传记、书信手稿、自传等一手资料，找出实证，分析毛姆对高更产生认同的心理和社会原因；接下来的四章将对高更的人生和画作进行阐释以及对毛姆的小说作品进行双向透视的细读与文本分析，在差异中寻找互渗和激发的实例，列出论据证明毛姆小说中人物形象、主题思想、艺术审美观和叙事技法这四个方面所受到的画家的启发，以及这种影响在小说文本中的具体表现。

任何一种艺术的艺术家，都不能独自具备完整的意义，他的意义、对他的欣赏，在于品鉴他与过去的艺术家之间的关系。你不能孤绝地予以评价，你必须，为了对照和比较，置他于古人之中。我的意思是要把这种对比当作美学性批评的，而不仅是历史性批评的，一个原则。

——［英］T. S. 艾略特《传统与个人才能》

第一章　毛姆对高更产生认同的心理和时代机缘

第一节　孤独的流浪者

中国古代圣哲孟子曾言："颂其诗，读其书，不知其人可乎？是以论其世也。"① 他的"知人论世"说明确地突出了"知人"与"论世"在解读文本的过程中占据的优先地位。只有理解了关于作者的人格、经历、时代和环境的综合知识，才有可能真正把握作品的意义，从而更进一步地了解作者的真实意图。因此，要了解毛姆对高更产生心理认同的原因，就必须先了解他们的个人经历和所处的时代背景。毛姆对印象派画家的浓厚兴趣可以追溯到1903年毛姆在巴黎游历之时。② 这一年的8月，高更在塔希堤岛去世，他歌颂原始与质朴生活的画作引起整个欧洲艺术界的轰动。毛姆置身街头，切身体会到高更给巴黎文艺界带来的震动。奥帝莎街上的那

① 《孟子·万章下》。

② ［法］波伊耳著，梁识梅译：《天堂之魔——毛姆传》，北京：中国文联出版公司1987年版，第44页。

家名为"白猫"的咖啡馆兼饭馆是高更生前与其他画家朋友聚会谈论画艺的地方。在那里，毛姆认识了许多意气相投的文艺界人士，其中包括插图画家彭尼·斯坦利（Penny Stanley），雕塑家保罗·巴利斯（Paul Barris），画家亚历山大·哈里森（Alexander Harrison），美学家克莱夫·贝尔（Clive Bell）和爱尔兰画家罗德瑞克·欧科纳（Roderick O' Conor），他们中的大多数人都与高更有过接触。其中，脾气暴躁的欧科纳曾与高更一同在阿旺桥附近写生。毛姆因此多次专程拜访他，饶有兴味地坐在他的画室中听他讲高更的逸闻趣事。毛姆从欧科纳的讲述中了解到高更跌宕起伏、曲折离奇的一生。

高更诞生于"六月革命"之后的巴黎，父亲是一家报纸的总编辑，因担心革命形势对他不利，遂带领全家前往秘鲁。母亲是南美洲的土著人，高更经常自夸身上流淌着印第安人的血液。高更年幼时随父母远渡重洋，浩瀚神秘的大海，秘鲁的异国风情，在他的心灵上留下了不可磨灭的印记。这些都注定了他日后与西方工业文明背道而驰，并无限地追求奇异的原始文化。成年后的高更在巴黎一家著名证券公司任职股票经纪人，他有一个幸福美满的家，过着富庶的中产阶级生活。出于对艺术的热爱，他抛弃了职业和家庭，潜心习画，曾三赴布列塔尼地区风景优美而富于野趣的阿旺桥写生，形成了自己独特的绘画风格。由于对文明社会的虚伪和丑恶越来越无法忍受，他远涉万里来到南太平洋小岛塔希提，断然与文明社会决裂。在物质生活贫乏困顿，但精神生活却宁静丰富的状态下，高更创作出大量惊人的旷世杰作，成为与凡·高和塞尚齐名的后印象派大师。

欧科纳对毛姆讲述的故事非但没有满足他对高更的好奇，反而更激起毛姆进一步探访画家身世的决心。1916 年，毛姆携同助手吉拉德·哈克斯顿来到塔希堤，追寻画家生前的雪泥鸿爪。高更传奇的艺术人生使毛姆敏锐地感到这位画家的生平故事将会是很吸引读者的写作素材。他们走访了当地与高更有过接触的土著居民，包括发现高更遗体的温尼布莱得船长和栀子花酒店的老板娘洛娃依娜。老板娘在高更最穷困的时候给予过他物质上的资助。她告诉毛姆有一次高更生病没钱买药，附近一家人曾好心收留并照顾了他。作为感谢，高更在主人家的玻璃门板上画了三幅画。毛姆和吉拉德立即驱车前往，以两百法郎的价格把仅存的一幅买回家。画中采摘芒果的塔希堤女子是高更在岛上的情人泰胡拉，它被画家题名为“伊甸园中的夏娃”，毛姆将它挂在“毛庐”别墅的书房里，直至最后去世。① 塔希堤之旅最大的收获并不在于毛姆以低廉的价格买到了几幅在欧洲值几十万英镑的高更名作，而是使毛姆十多年来决意要为画家创作小说的计划得以准备完毕。《月亮和六便士》中的主人公思特克里兰德除了是英国身份和对待家人的态度不同之外，几乎就是高更的翻版。他同高更一样把追寻艺术梦想看作是自我价值实现的过程，并在此过程中，剥离了爱情、道德伦常和一切世俗的观念，他们都在塔希堤这个远离文明世界的偏僻小岛上，在艺术创

① Curtis, Anthony & John Whitehead. *W. Somerset Maugham: The Critical Heritage*. London: Routledge, 1987, p. 106.

作中实现了人生的理想，也找到了心灵的平静和灵魂的归宿。

作为一个靠严肃写作为生的文学家，毛姆享有他的同行们难以企及的成功。然而，功成名就、金钱和荣誉却从未使他的孤独飘零感有丝毫的减弱。回望他的人生经历，就可以看到这种孤独感的由来。毛姆的父亲曾是英国驻法国领事馆大使，每年领到的俸禄可以支付一大家人的奢侈生活；母亲优雅、贤淑，给了她的四个儿子最温柔的母爱。在互相挚爱的父母的庇护下，过着娇宠生活的小毛姆却在10岁左右时，突然变成孤儿。因为他的三个兄长与他年龄相差很大，而且已经全部在寄宿学校读书，所以只有他一人被送往英国，由惠斯特堡镇的叔父抚养长大。从毛姆在自传体小说《人生的枷锁》里的描述看，这位不苟言笑的小镇牧师让年幼的毛姆刻骨铭心地感受到幼年失怙恃、寄人篱下的痛苦。[①] 他在小说中描写到这样一幕：叔父切下一个鸡蛋上的小尖角，作为莫大的恩惠递到菲利浦的眼前。这个细节把叔父的自私与冷漠刻画得淋漓尽致。童年生活的记忆被法国突维尔海滨的明媚阳光和英吉利海峡的阴冷海风切割成两块色调反差巨大的碎片。老年的毛姆在回忆录中感叹道：“我的童年生活是很不幸的，那时我总是夜夜做梦，梦想我的学校生活最好也是一场梦，梦醒时我便会发现自己原来仍在家里，仍和母亲在一起。我母亲去世至今已有50年，但在我心中留下的创伤仍未痊愈。我始终没有彻底摆脱这样的感觉，总觉得自己好像生活

---

① Curtis, Anthony. *Somerset Maugham*. London: Weidenfeld and Nicolson, 1977, p. 24.

在幻景中。”①

入学坎特伯雷皇家学校并没有让毛姆摆脱痛苦与孤独的阴影，口吃的生理缺陷让他成为同学们取笑的对象。他的数学和拉丁文功课成绩优异，年年获得优秀奖学金，学业上的成功却未能消除他与日俱增的疏离感，身体上的缺陷促成心理上的残疾，这是口吃给毛姆带来的最大阴影。他无法像其他普通小男孩那样学会乐观地面对生活中的磨难，把童年不愉快的往事慢慢抛在脑后。这位未来的小说家通过在小说中塑造身患残疾的人物形象，如《人生的枷锁》中的菲利浦和《卡塔琳娜》里的卡塔琳娜，不断地揭开自己的伤疤，不让血淋淋的伤口有复原的机会。由残疾造成的敏感和自卑，使他在成长时期养成了孤僻的性格，他喜欢离群索居，远远地站在一边，作为一个旁观者打量着他时时渴望逃离的世界。

毛姆成人后的另外两件事进一步加深了他的疏离感和对文明世界的不满：失败的恋爱和婚姻，以及与吉拉德·哈克斯顿不被认可的同性恋关系。早年丧母的悲痛经历使毛姆非常渴望女性的关爱。然而他在现实生活中接触到的女人只让他对她们充满了仇恨与厌恶之情。毛姆个头矮小，因为口吃更是沉默寡言。他在 40 岁生日时向已经谈了 8 年恋爱的苏·琼斯求婚。自信满满的毛姆却遭到苏直截了当的拒绝，并被告知他除了名气和鼓囊囊的钱袋外毫无吸引力。毛姆经过两年时间才从这次打击中恢复信心。1916 年，他与莎莉·威尔

① ［英］萨默塞特·毛姆著，刘文荣译：《毛姆读书随笔》，上海：上海三联书店 2007 年版，第 61 页。

肯结婚。他们的婚姻注定以失败告终，因为两人的个性完全不同：毛姆沉静、内敛，有点深藏不露，莎莉则活泼外向，精力旺盛。毛姆认为莎莉只在乎他的钱财，欺骗他的感情，使他蒙受离婚的羞辱，因而对此耿耿于怀。他不放过任何公开的机会责骂莎莉，直到她去世多年，还出书《回顾》挞伐前妻。在毛姆大量的作品中可以看到被他类型化的女性形象，他将西方社会的女人概括为太精打细算，太狡猾，太“文明”。毛姆在《总结》中回顾他的爱情经历总是透露着凄凉：“虽然我多次恋爱，我从未体验过得到爱情回报的快乐。我爱过好多人，他们很少或根本不关心我。”① 毛姆从他的私人助手吉拉德·哈克斯顿身上找到寻求多年的慰藉，然而他们的关系却得不到社会的认可。同性恋在20世纪初还不能为公众所接受，王尔德就曾因同性恋而被判刑入狱，这给毛姆造成了极大的心理阴影。加之一向爱面子，所以他始终不敢公开与吉拉德的关系。最终英国政府还是因为道德风化问题拒绝给吉拉德入境许可，毛姆不得不带着吉拉德长年侨居海外。他在晚年时曾对他的侄儿罗宾说：“我生活中一刻幸福的记忆也没有。”②

毛姆同高更一样，有着堂吉诃德式的浪漫主义情结，永远对生活的现状不满，也永远有着难为世人所理解的孤独，他们都是社会中的孤独者和路上的流浪者。他们有着相似的

---

① Maugham, Somerset. *The Summing up*. London: Pan Books Ltd. Cavaye Place, 1976, p. 125.

② ［英］罗宾·毛姆著，薛相林、张敏生译：《忆毛姆》，重庆：重庆出版社1986年版，第222页。

童年经历，都曾因为母亲的去世和生活的巨变，儿时的幸福生活被永远封存在了记忆之中。高更在南美利马度过的童年在他脑海中留下朦胧而深刻的印象，成为他日后创作的灵感源泉，促使他不断再现那原始绮丽的梦境。为了在画布上实现儿时的记忆，高更追寻着自己的梦境，一步步远离文明社会，最后在蛮荒的南太平洋小岛定居。他用色彩和画布奇迹般地重建起他的童年、他的热恋和他失落的天堂。毛姆也只能一次又一次地选择离开，他希望在旅行的路途中体味别人无法理解的孤独，在流浪中感受自我和精神的自由。他希望在一种新的人生体验和新的生存境界中找寻到灵魂的安然停泊地。因此，他一生的大部分时间都是在路上。他曾说："我开始意识到旅行所能带给我的好处，那就是，一方面，接触到不同的人群可能会服务于我写作的需要；另一方面，它带来精神的自由。"[①] 在《客厅里的绅士》中，他也提到过旅行是一个不追求名位的人和接近完全自由的人们的一种生活方式。

---

① Maugham, Somerset. *The Summing up*. London: Pan Books Ltd. Cavaye Place, 1976, p. 136.

第二节　永远无法企及的人生

摆脱这个世界和舆论的束缚，在大自然的力量中扔弃令人痛苦的、永恒的个人特性，成为无虞一切束缚的、生命短暂的生物，不再去忍辱追求喝彩和跟名流贵人周旋。这种自由是毛姆一直追求的，“我对于生活的一贯要求主要就是自由，身外的自由和内心的自由，在我的生活方式上和写作方式上，都要自由”①。在他的年表上不断地记载着：“往西班牙、意大利游历”“赴南太平洋游历”“赴锡兰、缅甸游历”“往西印度群岛游历”“赴远东游历，先后到达日本、越南、柬埔寨、泰国、缅甸”“开始旅游远东、美国、欧洲和北非，前后达十年”……直到86岁高龄，他还进行了一次长长的世界之旅。所以他的女儿无奈地说：“爸爸总是不在家。”② 对于毛姆的这一“癖好”，并非如批评界所解释的：毛姆天性好动，喜爱旅行。毛姆在精神上是极其孤独的，他渴求人世的温情，却总是希望落空；他洞悉自己身处的社会和人性的种种弊病却无能为力，他在西方社会里找不到自己的归宿，这种孤独感如顽症恶疾一般，伴随他终身。他的每一次出行，与其说是旅游，不如说是在流浪。他一路苦苦寻找自由生活

① ［美］特德·摩根著，梅影、舒云、晓静译：《人世的挑剔者——毛姆传》，长沙：湖南人民出版社1986年版，第397页。

② 曹文轩：《一根燃烧尽了的绳子》，北京：作家出版社2003年版，第262页。

的真正所在和能使他的灵魂停泊的地方。因此，渴望自由的毛姆被高更义无反顾地追寻萨特式的绝对自由所折服。在《月亮和六便士》中，毛姆借叙事者之口表达了对这种选择的认同：

我总觉得大多数人平静地度过一生好像缺少点什么。我承认这种生活的社会价值，我也看到了它的井然有序的幸福，但是我的血液里却有一种强烈的愿望，渴望一种更狂放不羁的旅途。这种安详宁静的快乐好像有一种叫我惊恐不安的东西。我的心渴望一种更加惊险的生活。只要在我的生活中能有变迁和无法预见的刺激，我都准备踏上怪石嶙峋的山崖，奔赴暗礁满布的海滩。①

然而他的每一次离去最后都以回家告终，虽然他也向往天上的月亮，却无法像高更那样完全漠然地置脚下的六便士于不顾。毛姆对金钱是非常在意的，他常对周围的亲人说："金钱好比第六感官，少了它，就别想让其余的五种感官充分发挥作用。"② 毛姆是为数不多的能在生前就充分享受到成功的作家，与生前处处碰壁的高更相比，他实在太幸运。出版他的书籍和短篇小说集的版税每年从世界各地源源不断地汇来，《刀锋》稿酬 50 万美金，一个短篇故事可以卖到一千英

---

① ［英］萨默塞特・毛姆著，傅惟慈译：《月亮和六便士》，上海：上海译文出版社 2003 年版，第 21 页。

② ［英］罗宾・毛姆著，薛相林、张敏生译：《忆毛姆》，重庆：重庆出版社 1986 年版，第 68 页。

镑，26 年里有 29 部戏剧上演，在同一时间里伦敦竟上演他 4 部戏剧，数十部作品被改编为电影……坐落在里维埃拉海边的“毛庐”，当时价值 60 万英镑，是一个有着 11 个仆人打理的豪华别墅，往来其间的客人有瑞典国王、暹罗国王、温莎公爵、首相丘吉尔、西班牙王后等。毛姆享尽了财富带给他的舒适生活。他讨厌贫穷，讨厌为了量入为出而不得不节衣缩食、精打细算。《人生的枷锁》中，穷困潦倒的老画家富瓦内好言劝说菲利浦放弃学画：

没有足够的收入，生活的希望就被截去了一半。你得处心积虑，锱铢必较，绝不为赚得一个先令而付出高于一个先令的代价。你常听到人们说，穷困是对艺术家最有力的鞭策。唱这种高调的人，自己从来没有亲身尝过穷困的滋味。他们不知道穷困会使你变得多么卑贱。它使你蒙受没完没了的羞辱，扼杀掉你的雄心壮志，甚至像癌症一样地吞噬你的灵魂。艺术家要求的并非是财富本身，而是财富提供的保障：有了它，就可以维持个人尊严，工作不受阻挠，做个慷慨、率直、保持住独立人格的人。[①]

早在 1915 年出版的《人生的枷锁》中，毛姆就开始公开流露出对这位画家的特别喜爱。《人生的枷锁》是毛姆的一部自传体小说，书中主人公菲利浦的经历大半取材于毛姆 35

① ［英］萨默塞特·毛姆著，张柏然、张增建、倪俊译：《人生的枷锁》，南京：江苏人民出版社 1983 年版，第 312 页。

岁之前的生活。菲利浦投身医学之前，曾在巴黎学画，他的这一段经历完全是植根于毛姆在巴黎与众多画家交游时的所见所闻。毛姆来到巴黎立即兴奋地欢呼："我投身到一个所有人都热衷于艺术的全新世界。"① 菲利浦习画时结识的四个画家朋友——劳森、克郎肖、克拉顿和弗朗内根就是分别以毛姆在"白猫"咖啡馆结识的杰拉德·凯里、詹姆斯·毛里斯、罗德瑞克·欧科纳和彭尼·斯坦利为原型塑造的人物。在菲利浦为未来是继续学画还是投身医学而迷茫不解时，毛姆不但让失意的老师从经济角度劝说他放弃学画，还安排他与克拉顿展开了一次意义深刻的谈话。交谈中，克拉顿以他在布列塔尼遇到的一位画家为例说明天才艺术家与世俗生活的格格不入。在克拉顿的回忆中，这位画家的行为举止像个十足的无赖，他对待自己的妻儿和帮助过他的朋友态度粗鲁，可他恰恰是位了不起的艺术家。为了一心一意地当画家，他心甘情愿抛弃了一切。菲利浦从这番谈话中悟出一个道理，真正的艺术家，他的身上有一股力量、一种无法抑制的激情，驱使他将全部身心都扑在事业上，并让个人生活从属于整个艺术事业。他像中了邪似的受着本能驱使和愚弄，生活从他们身边一溜而过，一辈子就像没有活过一样。菲利浦意识到自己与天才艺术家之间的巨大差距，因此果断地放弃绘画转而学医。让菲利浦获得启示的这位画家正是高更本人。

从 1903 年毛姆在欧科纳的画室里产生为高更创作传记体

---

① Curtis, Anthony. *Somerset Maugham*. London: Weidenfeld and Nicolson, 1977, p. 68.

小说的念头到1919年小说的最后问世，其间时间的跨度长达16年。让毛姆对高更的兴趣保持了如此之久的原因不仅仅是画家奇特的生平故事符合了当时时髦的“艺术家即流放者”的主题，也并不完全是毛姆知道这样的故事能够满足读者猎奇的心理，最为重要的是高更的经历让毛姆看到自己向往已久却没有勇气选择的人生。毛姆一直以爱德华时代的绅士自居，他也的确有着那个时代的绅士所具有的气质和风度，彬彬有礼、温文尔雅，讲究生活的精致细节。而高更的性格则外向且果敢，他所具备的素质正是毛姆所缺乏的。他作为印加人的后裔，身上涌动的原始人血液使他成为这样一类英雄——敢于牺牲所有的一切来守护自己的精神家园，即使是面对贫困和疾病的啃噬也在所不惜。他身上体现出的是一种人性的解放，一种挣脱尘世枷锁的洒脱，正是这种洒脱不羁和他身上的那种生命的活力打动了毛姆，他不顾社会规范、特立独行的纯自我的生活方式，是毛姆所向往的一种自由状态。弗洛伊德在其《创造性作家和白日梦》中得出一个有趣的结论，即“创造性作家成年后的一些强烈经历能唤醒他对早期经历之事的记忆（通常是童年时代的经历），促使他在创造性写作中实现未完成愿望的满足”。① 由此可见，高更传奇的一生唤醒毛姆潜藏在意识深处渴望自由的愿望。19世纪晚期，在许多反抗正统文化的艺术家当中，高更是态度最坚决的一位。他代表了一种彻底而决绝的自由和解放，一种真

① Freud, Sigmund. “Creative Writers and Day-Dreaming”. In *Art and Literature*. Ed. Albert Dickson. Harmondsworth: Penguin Books, 1985, p. 139.

实的生活方式，所以他对毛姆具有某种魔力是毫无疑问的，但是毛姆在羡慕和敬佩的同时，也看到了这种反叛的结果：高更生前饱尝贫困的折磨，在小岛上因为无钱治病，才55岁就孤独离世。正如《人生的枷锁》中菲利浦的一番告白。他从克拉顿那里听说高更的故事后陷入了沉思："（高更）为了能用颜料将人世给予他的情感在画布上表现出来，他竟不惜牺牲一切：舒适的生活、家庭、金钱、爱情、名誉和天职。这还真了不起。可他菲利浦就是没有这种气魄。"① 这番话道出了毛姆自己的心声，无论他在现实世界中感到多么孤独，也无论他多么渴望挣脱人生层层的枷锁，他始终不能像高更那样有勇气与西方繁华的物质世界彻底决裂。与高更相比，毛姆在艺术与生活、理想与现实之间有着更成熟老练的平衡能力。他渴望逃离的世界却又满足了他奢华的物质需求，他不愿放弃他不满的现实，也不愿放弃那虚幻的理想，所以即使他非常厌恶他所生活的环境，也无法像高更那样决绝地切断与文明世界的所有联系，而只能通过手中的笔选择一个灵活性、适应性和游动性最强的位置，抒发自己的崇敬之情和对远离文明世界的原始生活的无限向往，以此成功地保持艺术与生活、理想与现实之间的平衡。

毛姆对绘画艺术的情有独钟是文学界众所周知的事实。除了文学创作和旅游之外，收集名画也是他的最大爱好。在法国里维埃拉的"毛庐"别墅里，收藏着雷诺阿、莫奈、高

① ［英］萨默塞特·毛姆著，张柏然、张增建、倪俊译：《人生的枷锁》，南京：江苏人民出版社1983年版，第308页。

更等印象派画家和毕加索、马蒂斯、劳伦辛等现代派画家的作品。在这些名家画作中，毛姆从塔希堤岛土著居民手中购买到的高更名作，始终单独挂在他的书房里。出版于 1962 年的《怡情篇》是毛姆以 88 岁高龄创作的最后一本书，书中所谈皆是他收藏的名画，这本书是毛姆毕生醉心于绘画艺术的一大明证。虽然这本书只是一个美术爱好者眼中的名人名画，但它的确反映出毛姆对绘画艺术的评价比别的艺术都高，因为“在那里他发现了人世的美好、安慰和灵感。而长久以来，喜欢沉思默想的毛姆，总是希望在凝视这些画作中，力求超尘绝俗”。[①] 毛姆选择高更与他做伴书房，在埋头创作之余，抬头即可凝望到书桌对面墙上的那幅塔希堤少女采摘芒果的图像，高更的画作带给毛姆小说创作的启示必定就诞生于这位作家对画家的凝神观照中。

第三节　时代精神的召唤

文学和艺术的任何研究都不能脱离文学家和艺术家所处的时代背景。正如风的姿态决定了飞沙、麦浪的方向和水波的纹理，社会背景和创作风气是影响艺术家创作题材、体裁、风格的潜势力。[②] 从毛姆和高更生活的社会历史背景看，19

---

① ［法］波伊耳著，梁识梅译：《天堂之魔——毛姆传》，北京：中国文联出版公司 1987 年版，第 145 页。

② 钱钟书：《七缀集》，北京：生活 · 读书 · 新知三联书店 2002 年版，第 1 页。

世纪末20世纪初是西方人类史上具有特殊意义的时期之一。此时的西方社会经过资本的急剧膨胀，已进入帝国主义阶段。资本主义的固有矛盾进一步激化，资本主义的扩张粗暴地践踏了从文艺复兴以来就作为西方精神支柱的理性和人道原则，传统的道德和价值观念开始分崩离析。19世纪的英国在维多利亚女王的统治下，国内工业得到迅猛发展，加上海外殖民地的不断扩张，英国成为雄霸欧洲乃至世界的“日不落”帝国。但同时，在繁荣富强的维多利亚鼎盛时期，那一时代的艺术家，如狄更斯、萨克雷和哈代等文学大师，用现实主义的表现手法刻画出维多利亚时代英国的真实情景，揭露了充满痛苦、幻灭和绝望的社会另一面，那是盛世的面纱遮掩下的虚伪、欺诈的世界。到了19世纪末期，统治英国大半个世纪的维多利亚女王垂垂老矣，大英帝国也开始由盛极走向衰落，英国社会内部也和当时的其他西方国家一样充满了危机。社会生活中出现了人与自然、人与社会、人与人、人与自我的全面异化现象，以及许多无法用常理去解释的“非理性”或“反理性”的现象。整个社会充满着一种悲观绝望的情绪。与此同时，西方社会在19世纪与20世纪交替之际物质文明已经发展到相当的水平，迅速增长的物质文明使社会趋向整体化。“整体”成了一种渗透一切且至高无上的东西，从而使以个体存在着的人因遭受它的压迫而无法再把握自己的命运。“整体”对个人的取代，则使人感到自身意义的匮乏和虚无；另一方面，巨大的物质膨胀使得物的力量覆盖了整个生存领域，人处于物的挤压之中显得十分卑微、渺小甚至是变形。物欲的追求替代了更高意义上的精神追求，过去为人们所热烈景仰的诸如美、崇高、真诚和爱等精神理想纷纷遭到厌弃和贬抑。科技发展引发人们思维的革命，人们开始重新认识世界。西方的种种反理性哲学和叔本华的唯意志论，尼采的超人哲学，柏格森的生命哲学与直觉主义和弗洛伊德的精神分析学说大行其道，它们宣扬以本能、意志、直觉、潜意识和荒诞的存在取代对世界理性的把握。

面对这种异彩纷呈、复杂多变的时代思潮，毛姆、高更与同时代的其他艺术家一样，表现出精神人格的矛盾：一方面，他们看到传统价值观的种种弊端，以怀疑和否定的态度重新审视传统，希望挣脱常规的束缚。高更列举出西方所谓的道德观念“就如洪水一般，道德怀着对博爱的仇视把我们压垮，让自由窒息。宗教道德、爱国道德、士兵道德、宪兵道德……统统的都是屁股道德”。[①] 毛姆也借笔下人物之口喊出：“什么荣誉、爱国、信仰，统统见鬼去吧。”表达出摆脱旧秩序和旧时代的强烈渴望。而另一方面，面对一个支离破碎，需要再生的世界，作家和艺术家们感到无所适从。叶芝在其21世纪初写的一首诗中说道：“一切都四散了，世界到处弥漫着一片混乱。”叶赛宁的金色田园被钢铁骑士践踏时，他忧心地说：“能打动我的只有对正在逝去的可爱的动物世界的忧虑，死气沉沉的钢铁和机器具有的强大力量使我不安。”[②] 茨威格自杀前悲呼：“我自己的语言所熟悉的世界对

---

① ［法］保罗·高更著，麻艳萍译：《此前此后——高更回忆录》，北京：新星出版社2006年版，第116页。

② ［俄］叶赛宁著，邓勇译：《致叶·里夫希茨》，《国外文学》1985年第4期，第246页。

我来说业已沦亡，我精神上的故乡欧洲业已自我毁灭，我再也没有地方可以从头开始重建我的生活。”① 艾略特更是将现代人视为“空心人”：

我们是空心人，
我们是稻草人，
互相依靠，
头脑里塞满了稻草。唉！
当我们一起耳语时，
我们干涩的声音，
毫无起伏，毫无意义。②

但是，“空心”的现代人并没有丧失追求意义的信念，而是依然用那双饥渴的眼睛在寻找着希望和光明：

一无所见，除非
眼睛重新出现
像死亡的暮色王国中
永恒的星星
多瓣的玫瑰
空洞洞的人

① ［奥］茨威格著，高仲甫等译：《绝命书》，《茨威格小说集》，天津：百花文艺出版社 1982 年版，第 639 页。

② 王丽丽编著：《二十世纪英国文学史》，济南：山东大学出版社 2001 年版，第 99 页。

才有希望。

“上帝死了”，人却仍然留在这个世界上，应该以什么样的精神支撑眼前的世界？如何重返失落的家园，创造一个闪烁着“永恒的星星”、开满“多瓣的玫瑰”的艺术“王国”？这引起艺术家们的关注。高更转向了东方的原始文明。在一个四周充斥着金属的冷漠光泽的灰色文明世界里，高更用原始人充满生命活力的原色，唤醒了人们的生命热情，他希望重塑人的神性，使人在信仰迷失的年代成为自己精神的主人。最终他的努力在他去世后不久得到人们的认可。“在高更身上确实有着某种原始人的、印第安人的野性。它比那些享有艺术专利权的学院派艺术大师的陈腐幻想更加动人……”高更自己意识到，“一旦与我们丑恶的文明脱离关系，逃到还没有被欧洲工厂污染的远方的魔岛上去，躺到野蛮的、丰富多彩的塔希堤岛那未开垦的大自然中去，就能从那里带来现代雅利安人衰败了的头脑所无法理解的富有独创性的全新作品”。[①] 毛姆则从自身经历中体会出现代人的孤独、疏离和幻灭感。他的作品涵盖了现代作家对人的生存境况的体验。他曾不止一次地谈到精神依凭的重要性。毛姆的侄子罗宾回忆叔叔曾说过的话，“假如一个人得到整个世界，却丢失了自己的灵魂，那是没有意义的”。[②] 在他看来，人的精神之于整个

---

① ［美］约翰·雷华德著，平野、李家璧译：《后印象派绘画史》，桂林：广西师范大学出版社 2002 年版，第 693 页。

② ［英］罗宾·毛姆著，薛相林、张敏生译：《忆毛姆》，重庆：重庆出版社 1986 年版，第 12 页。

物质世界要重要得多，失去了灵魂，人就变成了一堆僵硬而没有任何意义的空壳。毫无疑问，在否定一种价值观的同时，必须提倡另一种价值观或生存方式，既然旧的伊甸园不复存在，所有的光辉神圣荡然无存，那么应该寻找新的家园取而代之，以填补人们的精神空白。

20世纪初，由绘画界开始兴起的这场弘扬生命张力的艺术风暴席卷了整个欧洲大陆。处于这一时代背景之下的作家毛姆，尽管与高更属于不同的艺术创作领域，世界观和人生观也存在分歧，但他们寻找精神家园，探问人生价值与意义的意向和过程竟是如此相同。他们都曾经试图在旧的世界和传统秩序中寻求出路，在经历一连串的失败打击之后，他们将目光投向异族的精神支柱，希望用古老的异族文明来拯救已经沦丧的西方文明，消除西方人面对荒原般的世界时所产生的失落和迷茫。而高更从“文明人”复归“原始人”的生命历程更是给毛姆以极大的震撼和启示，人性的完善一直是毛姆小说作品探讨的主要问题。他的一系列长篇小说，如《人生的枷锁》《月亮和六便士》《刀锋》《寻欢作乐》等，以及同时期的短篇小说都记录了他希望通过寻求人生的意义，恢复人与宇宙自然亲密无间的交流过程。他在后期创作的小说中塑造了多个像高更那样反抗文明社会的异化、埋头走自己道路的英雄形象。

第二章　自我的完善——绘画与小说中人物的交叠

毛姆在小说中塑造出大量透露出高更身影的人物形象。高更从“文明人”走向“原始人”的过程正是他自我意识觉醒，不愿在自己所厌恶的商界浑噩一生的选择。他因为自己的艺术追求而遭家人遗弃，最后在南太平洋的塔希堤小岛上凄然离世，但他在艺术天地里实现和完善了自我。而追求“自我的完善”亦成为毛姆在塑造人物时，审美理想的主要基调和特征。[①] 他曾借笔下人物之口说出：“我认为一个人能够追求的最高理想是自我的完善。”[②]《人生的枷锁》中的菲利浦，《月亮和六便士》中的思特克里兰德，《刀锋》中的拉里，他们的一生与高更都非常相似，他们都经历过“自我的觉醒”“自我的追寻”和“自我的实现”这三部曲，最后分别在真、美、善的世界里完善了自我。同时，纵观古今中外的文学史和绘画史，不难发现文学作品中的人物常常来源于

① 陈秋红：《“毛姆问题”的当代思考》，《东方论坛》1995 年第 4 期。

② ［英］萨默塞特·毛姆著，周煦良译：《刀锋》，上海：上海译文出版社 2003 年版，第 265 页。

绘画中的人物。中国古代众多的以人物为主的题画诗即是此类借鉴的明证。达·芬奇的一幅《蒙娜丽莎》曾激励了无数文学家撰诗作文歌颂其美貌。高更画作中的塔希堤女子满足了毛姆心目中的理想女性特征，使得这位以反妇女倾向闻名的作家在《寻欢作乐》一书中，创造出美丽而善良的罗西，她成为毛姆所有小说中最生动、最光彩的女性。

第一节　高更：从“文明人”复归“原始人”的人生历程

任何一件艺术品都是艺术家的个性和精神世界的表现。有什么样的心态，就会表现出什么样的作品。高更毕生的画作亦是他以潜意识中的自然心理为本源来审视人生与社会、追求自由、实现个人人生意义的结晶。他的创作期大致可以分为三个阶段：一是早年追随印象派大师毕沙罗的学画阶段，二是在布列塔尼摸索革新的阶段，三是在塔希堤岛上的成熟期。这三个阶段记录了高更内心深处的原始野性意识的觉醒过程。他的画作清晰地呈现了他潜意识里的原始“情结”是如何促使他逐步褪去西方文明人的遮蔽，回归生命本原的历程，这也是他希望用手中的画笔恢复世界的“神性”，重塑人们精神信仰的过程。

所谓的原始情结，是人类在原始时期，受到生存欲望的驱动，在长期进行与生命息息相关的实践活动中所形成的某种心理定式。在“活动”中，由于大自然中的自然与自由契合了生命欲望的满足，所以必然形成某种心理定式。然而这一“定式”的根源形成过程，都是在大自然原始本能的状态中进行的。因为人在生的本能驱动下，欲望被渗透在趋利避害、摄食和生殖的活动过程中。这一切都是在原始无意识的自然和自由中得到满足，这种满足在长此以往中形成了心理定式，这种定式伴随着人类成长而逐渐形成了不可泯灭的“情结”。然而随着人类与社会的发展，这种“情结”并没有被“文明”所消除，恰恰相反，伴随着“文明”下的各种桎梏，“情结”的表现欲更加强烈。只是在生命的自我保护意识下，将这种本能“情结”深深地压抑到意识中的底层，形成潜意识的一部分。随着生命意识的需求，它会以不同方式去彰显。高更正是在这种原始“情结”的驱使下，开始思考人生与“文明社会”，并审视他的艺术创作。

高更曾经说：“在我的心中总是有一种要出走的奇怪欲望。”① 后来这种欲望伴随着他一生的命运。正是他童年时期在心底埋下的梦以及流淌在血管里的印第安人后裔粗犷孤傲的血液，驱使他对明媚的阳光、绚丽的色彩、遥远神秘而诱人的风情产生无限向往，使他总想远离人类，浪迹天涯，寻找到童年时代在南美利马失去的乐园和丢失在文明城市里的“自我”。这种天性也引导了他成年后步入绘画创作之路。35

① ［法］勒内·于纳格著，孙丽荣、孔凡平译：《高傲的野蛮人——论高更的艺术》，沈阳：辽宁美术出版社1993年版，第9页。

岁以前的高更在安稳美满的家庭生活中，只是一位沉默寡言的好丈夫、好父亲。他对于众人热衷的社交活动毫无兴趣，但酷爱绘画。绘画是高更情感的宣泄口，是他逃离现实生活、步入梦幻世界的途径。布尔丹证券交易所的同事苏菲奈克是高更的亲密朋友，也是促成高更从事艺术创作的启蒙老师。工作之余，高更把所有的精力放在习画、赏画、结识画家朋友之上，成为巴黎众多的“星期天画家”之一。在苏菲奈克的介绍下，高更结识了许多印象派画家，包括马奈、毕沙罗、雷诺阿、莫奈、德加和塞尚等人。其中，毕沙罗对他的影响最大，成为他学画期间最重要的老师。凭借着自身的艺术天赋和不断努力，高更渐渐跻身于这些印象派画家的行列，其作品与德加和雷诺阿等大师的画作一起先后参加了八次印象派画展。

高更与印象派的合作是短暂的，因为他很快就不愿囿于印象派作品主题的局限。19 世纪中期，震惊世界的法国大革命推翻了封建王朝的统治，新兴资产阶级登上政治舞台。资本主义革命之后带来的经济繁荣并没有消除社会阶层的矛盾。19 世纪后期的巴黎被一股骄奢淫逸的庸俗时尚所污染。有闲阶层对城市生活称颂不已，极端的自由放任和个人主义导致整个社会的腐化堕落，这个时期的文化艺术也同样打上了这种浮华风气的烙印。莫泊桑和左拉等小说家们热衷于用细腻的笔调描写肉欲横流的巴黎享乐主义生活，其内容无非是脸色苍白、神情颓废的青年与穷极无聊、寂寞难耐的公爵夫人或小姐之间的偷欢恋情，反映了资产阶级荒淫扭曲生活下的意志沮丧和思想消沉。而印象派画家们致力描绘的是湖面上的赛船、郊外咖啡馆的舞会、草坪中的晚餐、阳光下的金发女郎、歌剧院里的贵族情侣等，几乎所有的作品都洋溢着温馨优雅的情调，流露出对有闲阶层生活方式的追慕和向往。

高更天性中的孤傲使他具有一种本能的清高。他不愿用手中的画笔描绘资产阶级浮华腐朽的生活。他在布尔丹证券交易所工作时就已经亲身体验过城市的冷漠和残酷，这使他产生了对城市生活的叛逆和厌恶，因此，他对虚伪的矫情十分反感。早在1880年，高更就以朴实无华的笔调，塑造出普通劳动妇女形象，即《裸妇习作》一画，画中的模特儿是高更家的女佣人朱斯蒂娜。这幅刻画一个普通女性日常生活情景的画，明确表明高更与其他印象派画家的不同，他更着重于表现平凡人的生存状态和他们的内心世界。巴黎艺坛的评论家将《裸妇习作》誉为法国裸体艺术之最。评论家雨斯芒称其为绝世之作。他撰文写道：“我毫不犹豫地断言，在近代法国所有描绘裸体的画家中，没有哪一位画家能够如此强烈地把真实性的感觉表达出来，如此自然深刻地表现出裸体的美感。在这幅画中没有丝毫的虚伪。我们所看到的不是那种专门为参加展览会，画室中姿势做作的模特儿，却是现实生活中随处可以接触到的平凡女性。这个女子既不淫荡挑逗，也不痴笑作态，她只是静静地低着头缝补衣服。我很高兴这位画家与我一样憎恨那些所谓身材苗条的人体模特儿——她们总是有健康红润的乳房，平坦结实的腹肌。我更不能接受的是她们自认高雅的姿态，往往摆出石膏般的僵硬。这件作品具有一种生机勃勃的感召力，它已经不是那种光滑的，既不起疙瘩，也没有毛孔的平滑皮肤。更不像其他画家千篇一律地在玫瑰色染缸里蘸颜料而画出来的，像用微热的熨斗烫过似的皮肤。那是一种有血有肉，有神经跳动的皮肤。”① 此番评论对初出茅庐的高更无疑是一个极大的鼓舞，使他更加坚定地走上通过绘画关注人性和人的精神生活的道路。

高更的职业画家生涯从一开始就非常坎坷。1882 年，法国经济大萧条波及金融证券交易，许多证券投机者厄运临头，损失惨重，高更也是他们中的一位。他从证券交易所辞职回家后，平静地告诉妻子自己决定做一名职业画家。金融市场的骤变是高更决定弃商从艺的重要客观原因，但不是根本原因。环境的变化对一个要改变自己命运方向的人来说永远只是一个从属的因素。迫使高更作出这一决定的是他心灵深处对自由的渴望和不安于现状、希望使生命永远富有活力的本性。失去经济来源的高更一家，生活常常陷于窘迫。为了节省开支，全家搬到妻子在丹麦的娘家借住。养尊处优的高更夫人无法理解丈夫的选择，对他埋怨不已。妻子的冷漠和岳父家人的白眼，再加上北欧生活的寒冷和压抑迫使他离家出走，来到布列塔尼岛上的阿旺桥寻求艺术发展道路。

布列塔尼唤醒了高更心底被埋没已久的野性意识的冲动。阿旺桥是一个地远偏僻的小渔村，因为没有受到现代工业文明的入侵，当地居民敦厚开朗，生活节奏舒缓自在，依然保持着原始古朴的风情，这与浮华堕落的巴黎截然不同。高更先后四次造访此地，在摸索属于自己风格的绘画技巧之时，

---

① ［法］勒内·于纳格著，孙丽荣、孔凡平译：《高傲的野蛮人——论高更的艺术》，沈阳：辽宁美术出版社 1993 年版，第 32 页。

留下了大量当地的自然风景画。正如黑格尔所指，风景画中的“山岳、树林、原谷、河流、草地、日光、月光以及群星灿烂的天空，这些对象显现出的是自然的自由生命，可以在心灵中唤起一种情调，这种情调与自然的情调是对应的。人可以体会自然的生命以及自然对灵魂和心情所发出的声音”。[①] 布列塔尼的清新空气中夹带着的大海气息，奔腾不息的海潮推出的巨浪打在峻峭的岩石上，那周而复始的撞击冲刷着高更内心的郁闷和痛楚。当地的自然风景让他感受到自然之美，更感到上苍的伟大。压抑在高更潜意识中的“原始情结”正在生命意识的复苏中慢慢显露，所以在给好友苏菲奈克的信中，他激动地写道：“我爱布列塔尼，我在这个地方找到了野性，找到了原始的荒芜和绘画上的原色。当我听到我的木板鞋踏在花岗石上的回响时，我恍然大悟，这就是我在绘画中所寻觅已久的那种平凡而强悍的声音啊。”[②] 对于高更而言，欧洲这块物质文明发达的土地给他带来的苦难多于欢乐，离开无情的欧洲，背离所有的文明社会，抛弃虚伪的争名夺利的渴望一直萦绕在他的心头。布列塔尼之行是高更对文明社会的第一次逃遁，那里古老的原始气息、质朴的乡间风俗、美丽的农家姑娘、奇特的传统服饰为高更的创作注入了神奇的生命力。

1889 年，高更的作品在于巴黎举办的世界博览会上落

① ［德］黑格尔著：《美学》第三卷（上册），北京：商务印书馆 1996 年版，第 262 页。

② 眭谦编著：《高更》，北京：人民美术出版社 2002 年版，第 55 页。

选。欧洲观众因为他的画太不符合传统而将它们拒之门外。高更从这次挫折中看到自己失败的原因。他的画是他自己灵魂深处强烈反叛精神的外在体现，而他反抗的正是19世纪欧洲的道德败坏和人性的虚伪。他要么屈服于现状，回到传统的老路上，画欧洲观众感兴趣的、带着资产阶级温情式的晚宴、聚会、风景和人物的写生画；要么就为了自己的艺术和灵魂向他们宣战。在这种两难处境中，他坚决地选择了后者。一位名叫凡·德威尔的人到巴黎做了一个关于塔希堤的专题报告，他将塔希堤描述成一个不染尘世的人间天堂。“在碧蓝的天空下，肥沃的土地上，塔希堤人伸手即能摘取食物，在这个远离冬季的岛国，人们无须劳作，生命只意味着歌唱与寻欢作乐。”① 此番描述正好迎合了高更当时沮丧的心情，它为高更呈现出一幅遍寻不遇的乐园图景。这次报告坚定了高更离开欧洲、回归原始的决心。他在给家人的信中写道：“我的性格具有两面性，一面是印第安人的莽撞性，另一面则是文明人的敏感性。而敏感性已逐渐消失，所以印第安人的莽撞性正大踏步地向前行进。”② 在另一封信中，他又写道：“高更作为欧洲人已消失并再也不会存在了。”“在欧洲，死亡即是终点，而在塔希堤，我将死亡看作根，第二年它必然复

---

① Fletcher, John Gould. *Paul Gauguin: His Life and Art*. New York: Nicholas L. Brown, 1921. p. 11.

② ［法］保罗·高更著，［法］莫里斯·马兰格编，闵希文译：《高更给妻子和友人的信》，北京：东方出版社2001年版，第93页。

出，开放出灿烂的花朵。”[①]身处弱肉强食、残酷竞争环境中的高更选择了逃离，经过海上63天的颠簸，于1819年4月抵达距夏威夷群岛东南方一千多公里的法国领地——塔希堤岛。

高更登上小岛之后，选择了远离首府之外的村庄，与土著人一起生活在雨林里的小茅屋中。从他这一时期的画作中可以看出画家初到塔希堤时的欣喜与狂热。迷人的异国风情刺激着他的神经，使他一直处于兴奋状态。潜意识中的“原始情结”完全释放后唤起的创作激情使他一气呵成地创作了一系列象征性的人物，这些近于超自然的人物似乎是高更自己精神解放的反映。同时，高更还带着赞美的眼光去描绘塔希堤的景色和宗教。他创作了大量温情动人、严肃神秘的作品，如《有孔雀的风景》《集市》《塔希堤的山路》等。他与一位名叫泰胡拉的土著少女同居。这个只有13岁的少女不仅成为画家的模特，她还深谙毛利族宗教信仰和神话故事，给高更带来了无穷的创作灵感。画家在画中表现出的宗教隐喻就来自于她的故事。

塔希堤人教会高更生活的艺术，使文明社会的痕迹从他身上渐渐褪去。当他踏上重返巴黎的航船时，他感叹道：“我比来时年长了两岁，却年轻了二十年；我比来时更像个野蛮人，却拥有更多的知识。这些野蛮人教给我这个文明人的东西太多太多。他们传授给我的是关于生活的科学和关于幸福

---

① Wadley, Nicholas. *Noa Noa: Gauguin's Tahiti*. Oxford: Phaidon Oxford Limited, 1985. p. 123.

的艺术。”①

这个比过去更“野蛮”的人回到巴黎立即再次遭到文明社会的攻击。高更在杜朗吕埃尔的画廊举办个人画展，评论界和画界认为他绘画中夸张的色彩和造型粗俗不堪。有人在报纸上嘲笑他的画只适合儿童观赏。就连昔日的印象派的老师和朋友也不理解他的艺术追求。莫奈和雷诺阿认为这种原始风格的画糟糕透顶，毕沙罗则明确地对这种不属于文明人的艺术表示反感。那股在塔希堤岛上被释放的“原始情结”拒绝回到潜意识的深处，他报复性地在巴黎采取挑衅行为：他在巴黎街头到处横冲直撞，趾高气扬，手里挥舞着一条棍棒似的手杖，身穿一件青蛙似的大氅，头戴一顶阿斯特拉罕羔皮帽。结果他被巴黎文人讽刺为轻歌舞剧的报幕员。人们始终用嘲笑和讥讽的眼光把他当作游离于文明社会之外的另类来看待。高更回到法国后的两年经历充满了狼狈不堪的回忆：画展失败，被一群街头无赖打断脚踝，所有财产被情人洗劫一空。他自认是绘画界重要的艺术家，却屡遭社会的羞辱，这种反差让他在痛苦中看清了自己只是巴黎生活的局外人。他在给朋友的信中说：“不幸的事接踵而来，我做了一个不可改变的决定，我将再次启程去太平洋，什么也不能阻止我动身，且永不再回来，欧洲人的生活是多么愚昧的生存啊！”② 巴黎的两年红尘拼搏，使他更加坚定了回归原始的决

---

① ［法］保罗·高更著，郭安定译：《诺阿·诺阿——芳香的土地》，北京：中国人民大学出版社 2004 年版，第 115 页。

② ［法］保罗·高更著，［法］莫里斯·马兰格编，闵希文译：《高更给妻子和友人的信》，北京：东方出版社 2001 年版，第 223 页。

心。在拍卖了所有的旧作，筹备到旅途费用之后，高更第二次踏上塔希堤。

据法国国家博物馆编辑高更画册时统计，高更在岛上度过的多病多灾的晚年恰恰是他成就最辉煌的阶段。他也曾因病痛轻生，但是每次自杀未遂、死而复活后总是一个多产期。从1895年重返小岛到1903年去世，他在8年内完成了大小油画、水彩画、素描达一百多幅，四百多幅版画和木刻画，不计其数的木雕，三大本手稿和数以百计的信件。他先后两次在塔希堤完成的作品，从艺术境界和功力上看都大不相同。《泰胡拉有许多祖先》《游魂》《波利尼西亚女人永无止境的爱》《午睡》《我的夏娃》等作品是他第一次栖居塔希堤时的创作。可以看得出文明的影子离他远去，尘世的俗气渐渐被淡化，原始的情状洋溢于画布之上。不过比之第二次到塔希堤的一系列作品，前者的浮光掠影之处显而易见。因为他第一次到塔希堤时虽然爱上那里的风土人情，但是心中仍然装着一个巴黎，采风的心理制约着他对艺术境界的开拓。而他第二次来到塔希堤是将这块土地作为最后的归宿，对人生的终极思考使他的“塔希堤组曲”系列作品在艺术水平和艺术境界上日臻完善。

高更的艺术生活充分体现了一个艺术家由“文明人”向“原始人”的蜕变。他从原始文化中吸取精神养料，希望通过回归生命的本源以对抗西方资本主义工业化、商业化和科学技术现代化对人性与个体存在的巨大冲击。在这个转变过程中，他完成了自我的重塑，找到了自己人生的意义，同时也实现了自我的价值，成为名垂画史的伟大艺术家。

第二节 毛姆：折射出高更身影的小说人物

高更从“文明人”向“原始人”复归的一生给予毛姆极大的创作启示，他们都是不被社会理解的孤独者，都在远离文明社会的旅途中流浪。毛姆非常佩服高更的人生选择，但他缺乏高更那样毅然决然的勇气。他所厌恶的文明社会，虽然总让他产生孤独疏离之感，但实实在在地给了他财富和名誉。因此，毛姆塑造了大量与高更有着相似精神探求的人物形象，以求通过手中的笔在理想和现实之间实现一个平衡。他作品中的主人公都意识到生活是痛苦与欢乐的结合体，却又能以历经磨难而锻炼成的坚强意志自强不息、奋斗追求，从看似无意义的生活中发掘人生的真正价值。毛姆让他的主人公在个体对生命本真和精神家园的追寻中看到存在的意义。正如“为了从人间得到解脱，人也许需要一个‘天国’，这里的‘天国’并不是抽象的来生和彼岸，而是指一种神圣的理想和追求，当一只鹰飞到一定高度，小人之箭就射不到了；当一个人追求永恒的真理，他便从现实世界的枷锁中得以解脱”。[①]《人生的枷锁》中的菲利浦，《月亮和六便士》中的思特克里兰德，《刀锋》中的拉里就是与高更一样，不断地寻找着生活的意义和自我的价值，寻找自我和精神伊甸园的虚构人物。他们虽然没有像高更那样回归原始状态，但他们都

---

① 王以培：《基督与解脱》，北京：作家出版社 1997 年版，第 154 页。

在人生理想和意义的追寻中，最终找到了自己的人生坐标。

高更的一生是精神获得彻底自由和解放的一生，他的人生探索之路经历了自我的觉醒（从股票经纪人到职业画家的转变）、自我的追寻（从巴黎到布列塔尼再到塔希堤的流浪之旅）和自我的完善（在塔希堤回归原始）这三个过程。毛姆笔下的三位主人公也经历了同样的精神三部曲，他们曾经是社会中的普通一员，最后都获得了自己追寻的自由和理想。他们在平庸无奇、习以为常的生活中突然提出“为什么”的问题，他们拒绝在蒙昧中沉沦，一方面，他们看到了这毫无意义、杂乱无章的非人的世界，是希望的对立面；另一方面，人自身又深含着对幸福与理性的希望。面对这样一个矛盾对立的共同体，他们作出了不同的人生选择。毛姆给他们安排的不同结局反映出毛姆个人对人生意义的理解在不同时期呈现出的差异。在毛姆的三部代表性长篇作品中，三个主人公刚开始和大多数普通人一样，在金钱、宗教、情欲和社会等种种世俗的束缚中苦苦挣扎，如困兽般找不到出路。伴随着不断觉醒的自我意识，他们都面临相同的选择：要么是在精神麻痹中，浑浑噩噩终其一生；要么是勇敢地踏上精神历险之旅，去到内心最幽暗的深处了悟真实的自己，打碎套在人生之上的层层枷锁，实现自我的完善。

一、自我的觉醒

（一）菲利浦——宗教观的幻灭

《人生的枷锁》通过叙述主人公菲利浦从童年时代起30

年的生活经历，刻画出一个青年的痛苦、迷惘、失望、挫折和探索。小说的这个人物形象反映了人们意识到心目中的上帝死了之后，企图主宰自己命运的艰辛和困难，表现了西方社会人性觉醒后，人类受难、挣扎、希望和拯救的道路之崎岖。

菲利浦自我意识的觉醒始于他的宗教信仰幻灭之时。他幼年失怙恃，只身一人被送往素未谋面的牧师伯父家寄养，后来又在附属于教会的皇家公学念书，宗教气息浓郁的家庭氛围和文化氛围使他养成了对上帝的虔诚信仰。“牧师家的虔诚气息，还有学校的宗教色彩，使得菲利浦十分注意良心的清白无瑕，他耳濡目染，不知不觉形成了这样一种意识，魔鬼每时每刻都在窥探，一心想攫取他永生不灭的灵魂。”① 因此，他处处小心地按照上帝的旨意行事做人。宗教为他造就了一个完美的道德世界，给了他生活的支撑和勇气，然而他的亲身经历却使他很快意识到宗教的虚无和虚伪。菲利浦天生的跛足，让他受尽了同学的欺凌侮辱。他在《福音书》中看到一段话：“你们若有信心，不疑惑，不但能行无花果树上所行的事，就是对这座山说，你挪开此地，投在海里，也必成就。”他的伯父也告诉他：“只要心诚，信念能移山。”② 菲利浦听信了这番谎言，天真幼稚地以为上帝具有回天的神力，于是他每天热切而虔诚地祈求万能的上帝能在新学期开始那

① ［英］萨默塞特·毛姆著，张柏然、张增建、倪俊译：《人生的枷锁》，南京：江苏人民出版社 1983 年版，第 53 页。

② ［英］萨默塞特·毛姆著，张柏然、张增建、倪俊译：《人生的枷锁》，南京：江苏人民出版社 1983 年版，第 55 页。

天早上醒来时赐他一条好腿。开学的前一晚，他跪在光秃秃的地板上向上帝祷告。可是上帝对他的虔诚祷告无动于衷，他的跛足仍然如故，这令他产生了无可挽回的受骗感，并在幻灭中明白世间根本没有万能的上帝。他因为跛足而信仰宗教，又因为跛足而否定并放弃了宗教。他将宗教这座沉重的大山从心头移走，否定了千百年来对上帝的信奉在西方人心中形成的心理沉淀，结束了人为上帝而活的传统生活方式。他的自我意识渐渐形成，他感觉到自己是以具有完整而独立个性的个人存在于世。

（二）思特克里兰德——梦想复苏

思特克里兰德最初是一个恪尽职责的丈夫和父亲，也是外表木讷、平常至极的人。他“身材魁梧壮实，大手大脚，晚礼服穿在身上有些笨拙，给人的印象多少同一个装扮起来参加宴会的马车夫差不多”。① 可正是这样一个“忠厚老实，索然无味的普通人，一个毫不引人注意的人”，未作任何解释就离开了相守17年的妻子和两个孩子。事情的缘由是他要去巴黎作画。面对来自家庭与社会等各方面关于道义和责任之类的诘难，他完全不屑一顾、置若罔闻，也没有丝毫的歉疚和不安。至于他的妻儿，他自认为照顾他们17年，已经尽到一个丈夫和父亲的责任，他们应该完全可以独立承担起自己的命运。他完全漠视世俗常规的流言，只是说：“我告诉你，我必须画画儿，我由不了我自己，一个人要是跌进了水里，

① ［英］萨默塞特·毛姆著，傅惟慈译：《月亮和六便士》，上海：上海译文出版社2003年版，第29页。

他游得好不好是无关紧要的，反正他得挣扎出去，不然就得淹死。”① 他在言语中表明坚定而义无反顾的决心，他的整个身心已经被体内一股强大的力量所攫取，使他像着魔一样无法抵抗。这股力量就是他突然意识到自己内心深处埋藏着一种欲望，这种欲望驱使他沿着记忆的想象去寻找和还原孩提时代曾有过的弥漫着野性、原始、拙朴的梦。正是这种梦境召唤着他通过艺术创作再现那曾经的美丽。

梦想复苏的思特克里兰德突然发现了在社会生活中迷失的“自我”，一个证券经纪人，一个丈夫和父亲的外壳再也包容不下的“自我”，这个“自我”渴望把心灵压抑多年的原始梦幻表达出来，这个“自我”渴望实现自己，只做真实的自己。这样一个“自我”，对于在支票、账本簿和人伦之乐中浑浑噩噩地度过了40年的思特克里兰德，是一个何等沉重的负担。为使那“自我”从传统文明的羁绊中脱落出来，他必须抛弃所有世俗的光环。他变得冷酷而不可理喻。他不在乎别人的眼光，甚至不在乎别人怎么看他的画；他头也不回地踏上了追寻自我、实现自我的旅程。

（三）拉里·达雷尔——生与死的思索

当拉里·达雷尔第一次出现在读者眼前时，他看上去仿佛与其他普通的美国小伙子并无两样：衣着整洁，待人接物彬彬有礼，背地里有些恶作剧般的调皮捣蛋。但是，跟随着叙述者的讲述，拉里的与众不同之处逐渐浮出水面。在周围

---

① ［英］萨默塞特·毛姆著，傅惟慈译：《月亮和六便士》，上海：上海译文出版社2003年版，第44页。

所有的人都忙于最大限度地创造物质财富时，他却无法和他们一样投身于美国20世纪20年代轰轰烈烈的建设事业中去。西方人曾一度期望把安全感和幸福荣耀感建立在强大的物质基础上，但现实无情地击破了他们天真乐观的幻想，已经有一批人开始意识到物质上的每一个进步阶段总是为爆发另一次更巨大的浩劫带来可能性。拉里正是其中之一。他在“一战”的战场上出生入死，退役归来后，面对未婚妻伊莎贝尔问及今后的生活打算，他感到茫然而无所适从。他“就像一个梦游者在一个陌生的地方突然醒过来，摸不清身在何处似的”，从而变得与这个社会格格不入。这一切皆因在第一次世界大战中，他目睹了战友为救他而中弹身亡。战友惨死的情景使他的精神深受刺激，在他的头脑里始终萦绕不去的意念是“死者死去时那样子看上去多么死啊”。按拉里养父纳尔逊医生的话说他是得了“慢性惊恐症”。拉里不仅是良心不安，而且还有更沉重的精神负担，以致他最后不得不向伊莎贝尔表白：“除非我对一些事情有了一定的看法，否则我将永远不得宁静。”因为“你想到一个在一小时以前还有说有笑，充满生气的人，直挺挺躺在那里，就是这样残酷，这样没有意义。你没法子不问自己，人生究竟是为了什么，人生究竟有没有意义，还是仅仅是盲目命运造成的一出糊里糊涂的悲剧”。[1] 拉里的自我意识就在对生与死的思索中得以复苏，他像走火入魔一般，一心要搞清楚人存在的意义。他带着这些

---

① ［英］萨默塞特·毛姆著，周煦良译：《刀锋》，上海：上海译文出版社2003年版，第46页。

人生的疑问，离开了美国去找寻问题的答案，开始了精神流浪之旅。

二、自我的追寻

（一）菲利浦——挣脱情欲的枷锁

菲利浦的自我追寻过程是打破情欲枷锁束缚的过程。他摆脱了宗教观念对人的制约，却又陷入新的迷惑。上帝已不在他心中存在，长期以来生活凭借的精神支柱消失，那么人的心灵又将何所依托呢？他辗转来到巴黎学画。这期间，暗恋他的穷学生范妮·普赖斯因爱情无果而自杀，使他受到极大刺激，痛感人生无常、现实冷酷。他在巴黎舞厅观察到的人类形象是极为猥琐、卑下、凶残的兽类形象，“对所有这些人来说，生活无非是一长串的琐事的邪念罢了，他们的眼神凶悍而残忍，使得这一群浑浑噩噩之徒显得既可怕又可怜”[①]。这真是一幅西方资本主义社会里绝望的灰色人物百丑图，是表现西方人失去信仰和价值标准之后往黑暗深处堕落的警世之笔。

菲利浦在落魄诗人克朗肖的影响下，逐渐形成新的人生哲学。既然人人必有一死，来世的天堂亦不复存在，那么就不如在此生听从心灵的召唤，在法律允许的范围内尽情享受生活。“尽可以为所欲为，只是得注意街角处的警察。”宗教信仰破灭后的菲利浦转而寻找新的精神依托，他渴望充满激

---

① ［英］萨默塞特·毛姆著，张柏然、张增建、倪俊译：《人生的枷锁》，南京：江苏人民出版社1983年版，第300页。

情的生活。他怀着一份浪漫情怀憧憬爱情，心甘情愿地被爱情俘获，盲目地将诚挚的爱情献给一个庸俗浅薄的酒店女招待米尔德丽德。在与她分分合合的情感纠葛中，在理想与现实的差距之中他认识到自己爱慕的对象只是一厢情愿臆想出来的幻影，他那份英雄救美的骑士情怀被这个贪婪自私、轻佻放荡的女人利用。菲利浦陷入情网不能自拔，他不顾自己有限的经济来源，在她身上挥霍金钱以博得她的欢心。情欲的诱惑使菲利浦如魔鬼附身般荒废了学业，挥霍了家产，整天沉浸在爱欲的幻觉之中。“菲利浦躺在床上，似乎明白过来，自己真正爱上她了，他简直不敢相信会有这种事。”[①] 这种爱欲的驱使也让他失去了应有的人格和尊严。“菲利浦向来自尊心很强，有那么一瞬间，菲利浦直想冲着她说：见你的鬼去吧，可他不敢说出口。情欲已把他一身的骨气全磨光了。只要能见到她，无论叫干什么，他都愿意。”[②] 面对这样的爱情，菲利浦处于极度的痛苦之中，却又无法摆脱。斯宾诺莎曾把“人在控制和克制情感上的软弱无力称为奴役，因为一个人为情感所支配，行为便没有自主之权，而受命运的宰割，在命运的控制下，有时他虽明知什么对他是善，但往往被迫去做恶事”。[③] 他引用罗马诗人奥维德的一句话：“吾目望正道兮，心知其善，每择恶而行兮，无以自辩。”菲利浦完全丧

---

① ［英］萨默塞特·毛姆著，张柏然、张增建、倪俊译：《人生的枷锁》，南京：江苏人民出版社1983年版，第349页。

② ［英］萨默塞特·毛姆著，张柏然、张增建、倪俊译：《人生的枷锁》，南京：江苏人民出版社1983年版，第366页。

③ 洪汉鼎：《斯宾诺莎哲学研究》，北京：人民出版社1993年版，第645页。

失了自己的价值判断，变成被情欲牵着鼻子走的奴隶。他一直把爱情看作令人销魂的温柔乡，总以为一旦堕入情网，整个世界就会变得像春天那样美好。谁知现在，爱情给他带来的不是欢乐，而是“心灵的饥渴，是痛苦的思念，是极度的苦恼——这种滋味是有生以来从未尝到过的”。[①] 他从爱的幻想中获取的只是灵与肉的双重折磨，而不是两情相悦的甜美。他最终意识到感情的实质，就是羁绊人心灵的枷锁。这段感情以失败告终，他新的人生哲学也宣告破产，听凭内心情感和激情的生活没能为他解除困惑。

至此，作为两根精神支柱的宗教信仰与爱情彻底崩塌。现有的正常社会规则无法解决他的问题，人在社会中是那么无能为力和微不足道，一切努力都是徒劳。他终于领悟到克朗肖给他的那条地毯所提示的人生奥秘：生活毫无意义，人生只不过像地毯上的花纹一样是一种格局而已。生活既无意义，也无必要，只不过是满足一个人的乐趣而已，生活的格局多种多样，其衡量标准也是多样的，幸福与痛苦都是微不足道的，只不过使人生格局更复杂纷繁罢了。想到这，他感到生活的最后一副重担从肩上卸下来，平生第一次感到彻底自由了，也感到从未有过的惊喜和轻松。

（二）思特克里兰德——冲破道德与爱情的桎梏

思特克里兰德本是平庸生活的奴隶。他踏上孤寂的艺术苦修之路后，不仅甘愿把自己供奉在精神的祭坛上，甚至亲

① ［英］萨默塞特·毛姆著，张柏然、张增建、倪俊译：《人生的枷锁》，南京：江苏人民出版社1983年版，第351页。

情、友情和爱情也成了祭坛上的牺牲品。

文中叙述者追到巴黎劝说思特克里兰德回家时，他们之间有过一段精彩的对话：

“你简直太没有人性了。”

“我看就是这样的。”

“你一点儿也不觉得害臊？”

“我不害臊。”

……

“谁都会认为你是个没有人性的坏蛋。”

“让他们这样想去吧。”

“所有人都讨厌你，鄙视你，这对你一点儿都无所谓吗？”

“无所谓。”

“你不在乎你的妻子儿女去讨饭吗？”

“一点也不在乎。”

“你是个不折不扣的混蛋。”

“成了，你现在把压在心上的话已经说出来了，咱们可以吃饭去了。”①

这样一个把礼法完全抛在脑后的人，他对给妻儿带来的后果无动于衷，又对社会加给他的罪名供认不讳，当他决定

① ［英］萨默塞特·毛姆著，傅惟慈译：《月亮和六便士》，上海：上海译文出版社2003年版，第45页。

把握自己的命运时，那曾经被社会道德规范压抑着的天性以惊世骇俗的方式赫然裸露。

思特克里兰德的绘画天赋得到一位巴黎画家施特略夫的认可和钦佩，施特略夫虽然画技平平，却为人善良，富有同情心，他时常接济经济窘迫的思特克里兰德，还把身染重疾、几乎死去的天才画家接到家中，悉心照料。然而，康复后的思特克里兰德不仅不存丝毫感激之情，反而在病好后强占了施特略夫的画室和他的妻子布朗什。他根本不爱布朗什，只是把她作为绘画的模特和情欲宣泄的对象，布朗什遭到抛弃后绝望自杀，他却毫无愧疚之意，而是认为，“生命并没有什么价值，布朗什的自杀不是因为我抛弃了她，而是因为她太傻，因为她精神不健全”。他的冷酷与自私，遭到众人所指。对此他这样解释：“我不需要爱情，我没有时间搞恋爱，这是人性的一个弱点。我是个男人，有时候我需要一个女性，但是一旦我的情欲得到了满足，我就准备做别的事了。我无法克服自己的欲望，我恨它，它囚禁了我的精神。女人除了谈情说爱不会干别的，所以把爱情看得非常重要，简直到了可笑的地步，她们还想说服我们也相信人的全部生活就是爱情。实际上，爱情是生活中无足轻重的部分，我只懂得情欲，这是正常的、健康的，爱情是一种疾病。”① 歌德曾说：“有两个灵魂住在我的心胸中，它们总想互相分道扬镳，一个怀着强烈的情欲，以它的卷须紧紧攀附着现世；另一个拼命要脱

---

① ［英］萨默塞特·毛姆著，傅惟慈译：《月亮和六便士》，上海：上海译文出版社2003年版，第138页。

离尘俗，高飞到崇高的先辈的居地。”[①] 思特克里兰德从他的两个灵魂交战中突围，他更看重精神的超越。以妻子和布朗什为代表的女人，只是他发泄情欲的途径，她们注定要成为他供奉在艺术祭坛上的牺牲品。他认为“男人的灵魂在宇宙的最遥远的地方遨游”。他如魔鬼附体般被原始的创作欲念所征服。这股强烈的创作欲念可以挣脱所有仁义道德和本能情欲的束缚。

他的为人和感受都与传统不相容，他无法用传统的方式来表达这种特殊的内心体验所激活的生命的冲动，他企望一个远离文明社会的栖身之地。正如他所说：“有些时候，我就想到一个包围在无边无际的大海中的小岛上，我可以在小岛上的幽静的山谷里，四周都是不知名的树木，我寂静安闲地生活在那里，我在那样一个地方，我就能找到我需要的东西。”[②] 为了寻找这样一片世外桃源，他从伦敦来到巴黎，又流浪到马赛，最后搭上去远东的邮船，来到塔希堤。像逃避瘟疫一样逃避社会生活的思特克里兰德把塔希堤岛视作远离文明社会的绿荫。在这里，一个浑然天成，几乎没有受到世俗社会侵蚀的土著女人——爱塔，没有对爱情和功利的祈求，却给了他所需要的一切。这片原始热带丛林为他提供了他所希冀的宁静，社会、家庭和爱情都统统离他远去，这里没有手拿天秤的卫道士对他的所作所为作出任何道德的评判，这

① ［德］歌德著，钱春绮译：《浮士德》，上海：上海译文出版社1982年版，第68页。

② ［英］萨默塞特·毛姆著，傅惟慈译：《月亮和六便士》，上海：上海译文出版社2003年版，第74页。

里为他提供的是一种本然本真的存在，他躁动的灵魂终于安静下来。在这块混沌初开的领地里，他疯狂的创作欲与画画的激情终于找到了宣泄释放的渠道。

（三）拉里·达雷尔——精神“朝圣”

拉里选择的精神“朝圣”之路，也即一条追寻自我的路，“朝圣是一种解脱，它可以使人暂时离开世俗的尘网，去往心灵所向往的圣地”。[①] 他踏上精神探索的“朝圣”之路后就决定了他无法再按常人的那一套思维模式处事。他拒绝了朋友向他提供的通往上流社会的引荐书，只身来到巴黎，住在寒碜的小旅馆里研读哲学，执着地坚持自己的精神探索。对此，熟悉拉里的那些美国同胞大惑不解，他们终日忙于积累财富，自然无法理解“一战”中的经历和对生与死的思索已经使拉里变成一个在精神层面上生活的人，与他们这些停留在肉欲层次上生活的人已经格格不入。他们也不知道在精神层面上生活的人体验到深刻的人生无常的痛苦感，总是力图为世界上的罪恶和痛苦寻找一种补救的办法，而在肉体层面上生活的人只奉行享乐主义，被一种及时行乐的急迫冲动所左右。拉里在巴黎每天用 8 ~ 10 小时的时间神游于各类书籍中，书籍像佳酿一样滋润着拉里焦灼不安的心灵。

伊莎贝尔为劝说拉里回头而来到巴黎。在她眼里，拉里所热爱的哲学和生活方式都是荒唐透顶的无聊玩意儿。拉里苦行僧式的生活对她毫无吸引力。而此时的拉里却刚刚领略

---

① 王以培：《基督与解脱》，北京：作家出版社 1997 年版，第 152 页。

到精神生活的神秘和丰富。他说：“看见广大的精神领域在我面前展开，向我招手，我急切地要去那里旅行。”他这样描述他所向往的精神世界，“它是没有止境的，它是极端幸福的生活。只有一件事同它相似，那就是当你一个人坐着飞机飞到天上，越飞越高，只有无限的空间包围着你，你沉醉在无边无际的空间里。你是那样的欢乐，使你对世界上任何权力和荣誉都视若敝屣”。[①] 这对价值观迥异的恋人解除了婚约，拉里从此踏上他选择的精神流浪之旅。

随后，拉里的足迹遍布比利时、德国、意大利和西班牙等西方哲学、艺术、文学的发源地。他像浮士德一样苦心钻研哲学和神学知识，最后，他又只身来到东方的文明古国——印度。一次超功利的精神探索却成就了一位学问博大精深的学者和智者。他从印度教中汲取了轮回说和善恶报应说，解决了他的疑问，也抚平了他的心灵。斯宾诺莎说过：“以对事物的必然性的认识替代想象的知识来克服被动的情感，心灵理解了一切事物的存在与动作都是被无限的因果所决定的，因此心灵可以少受这些事物所引起的情感的痛苦，而且心灵也可以少受这些事物的激动。”[②] “那个能正确理解事物莫不出于神性之必然，莫不依自然的永恒律令而发生之人，事实上将不会发现任何值得恨、笑或轻视的东西，也将不会怜悯任何人，而只就人的德行之所能达到的力量，努力

---

① ［英］萨默塞特·毛姆著，周煦良译：《刀锋》，上海：上海译文出版社 2003 年版，第 70 页。

② ［荷］斯宾诺莎著，贺麟译：《伦理学》，北京：商务印书馆 1983 年版，第 226 页。

去做善事，也可以说，努力去求快乐。”① 通过这样的途径，一方面，安定了拉里因为战友为救他而猝死所造成的灵魂不安；另一方面，他又认识到使灵魂脱掉以自我为中心的最后痕迹，个体才能与真理和自由合为一体。拉里从《奥义书》中获得了一个宁和的灵魂，达到了一种无欲、无求、无我的超脱境界。

三、自我的完善

毛姆在他的随想录中指出：“人的自我主义使他不愿接受人生的空虚无聊，当他不幸发现自己不再能信奉一个可为之献身而自得的更高力量时，他设法在似乎有利于他切身利益的价值之外制造出一些特殊的价值，旨在使人生富有意义，这就是：真、善、美。这些价值使人产生一种幻觉，好像通过它们，他就能摆脱人生的枷锁，他在那里可以得到休息，找到他的问题的答案。”② 三位主人公在经历一番自我的追寻后，都作出了各自的选择，在真、善、美的世界中找到自己的归宿。而毛姆给他们安排的不同选择也从侧面反映了毛姆本人在长达半个世纪里，对人生的探索历程和感悟。

（一）菲利浦——回归真实平凡的家庭生活

菲利浦参悟人生后，从实实在在的工作中、从人与人充

---

① ［荷］斯宾诺莎著，贺麟译：《伦理学》，北京：商务印书馆 1983 年版，第 193 页。

② ［英］萨默塞特·毛姆著，刘文荣译：《毛姆读书随笔》，上海：上海三联书店 2007 年版，第 52 页。

满温情的交往中回归到平凡但真实的生活。他在朋友的帮助下，在一家公司谋到一份顾客接待员的差事，平淡而辛苦的工作不乏乐趣和踏实。伯父去世后留下的一小笔遗产使他得以在医学院恢复学业，获得文凭。被米尔德丽德破坏得支离破碎的生活逐渐走上正轨。一切简单而又顺利地进行着。朋友阿特尔涅的长女莎莉是一位纯朴、善良、健康、坚强的姑娘。她一直默默地爱着菲利浦。他在与莎莉和她的家人相处的时光中，感受到平凡生活的朴实和幸福。他发现她才是那个能给他带来幸福的人，她像天使一样宁静，给他以温暖和家的感觉。菲利浦终于摆脱了米尔德丽德的阴影，决心与莎莉共度一生。他放弃过去对生活的最后一丝幻想和渴望，决心和莎莉结婚后到渔村当医生，为穷人治病，过平静的生活。在爱的幻想破灭后，在得出人生并不比波斯地毯上的花纹更有意义的结论后，他选择了顺乎自然的坦途。他想起了那个要从纷繁复杂、毫无意义的生活琐事中编织一种精巧、美丽的图案的愿望。“一个人来到世上，干活、结婚、生儿育女，最后悄然离世。这是一种最简单的然而却是最完美的人生格局。屈从于幸福，兴许就是承认失败，但是，这种失败要比千百次胜利有意义得多啊。”① 毛姆让菲利浦回归到平凡的生活，体现出一种真实的存在，一种简单但真实、平淡却安然的生活。

---

① ［英］萨默塞特·毛姆著，张柏然、张增建、倪俊译：《人生的枷锁》，南京：江苏人民出版社 1983 年版，第 785 页。

（二）思特克里兰德——回归真、美的自由世界

艺术创作出的美丽世界使思特克里兰德一层层剥离了社会所加于他身上的外皮和面具，成为一个自由的、纯粹的、最接近人的生命本然状态的精神人。他受着一种本能的驱动，不停地用颜料在画布上表现出人世给予他的情感，正如小说中布吕诺船长所说：“使思特克里兰德着迷的是一种创作欲，他热切地想创造出美来，这种激情叫他一刻也不宁静，逼着他东奔西走。他好像一个终生跋涉的朝圣者，永远思慕着一块圣地。世上有些人渴望寻获真理，他们的要求非常强烈，为了达到这个目的，就是叫他们把生活的基础完全打翻也在所不惜，思特克里兰德正是这样一个人，只不过他追求的是美而不是真理。”① 在这种美中，他褪掉了世俗的遮蔽，成为斯宾诺莎所定义的“自由人”：“不受他人的支配，而是基于自己的意志，而且仅做他所认识到在他的生活中最为重要之事，亦即仅追求他所愿望的对象，这种人称为自由人。”② 追求“美”和“精神自由”成为他人生意义探寻的全部内容。

毛姆塑造思特克里兰德这个特立独行的人物形象，是他探索自我的一个全新尝试，他把在艺术时空的构造中形成的自我看作是获取精神自由的个体存在。因为“审美追求是个体意识的自由展现，它超越于客观现实和现实生活，超越于

---

① ［英］萨默塞特·毛姆著，傅惟慈译：《月亮和六便士》，上海：上海译文出版社 2003 年版，第 188 页。

② ［荷］斯宾诺莎著，贺麟译：《伦理学》，北京：商务印书馆 1983 年版，第 205 页。

物质的享乐，必须把审美看成一种高度的自由和超越。艺术时空是一个自由时空，使人的情感获得了一个新的天地，完全不囿于客观现实时空的限制，而自由地创造出人的情感所追求的一切境界，这是一种物我一体的境界，充满了艺术家情感的幻想，呈现给人一种主观又实在的世界，不像纯意识那样虚无，也不像客观现实那样无情，而是一个飘逸的情感世界”①。在艺术世界里，人处于主体意识创造并支配一切的状态，人的精神和意识都得到彻底解放，获得自由，人与宇宙世界融为了一体。“只有艺术才能表现人、代表人、提高人并超越人。”② 因此毛姆认为“只有艺术家这样与众不同的人，才能在艺术的天地里怡然自得，从人生的束缚下解脱自己”③。思特克里兰德正是在艺术的真、美世界中获得了精神的自由和自我的完善。

（三）拉里·达雷尔——达到至善的境界

拉里的自我完善体现在他怀着超然的心态，隐身闹市，依自己的本然性情，尽自己的所能去行善，以一种救世情怀达到至善的境界。拉里并不想一辈子都做一个游离于生活之外的局外人，或者当一个对世事漠不关心的西方隐士，当他再次回到物欲横流、喧嚣纷扰的文明社会时，他一如既往地

---

① 韩民青：《当代哲学人类学》（第一卷），南宁：广西人民出版社 1998 年版，第 236～237 页。

② 韩民青：《当代哲学人类学》（第一卷），南宁：广西人民出版社 1998 年版，第 249～250 页。

③ ［美］特德·摩根著，梅影、舒云、晓静译：《人世的挑剔者——毛姆传》，长沙：湖南人民出版社 1986 年版，第 24 页。

与格雷和伊莎贝尔夫妇交往。1929 年的经济大萧条使格雷破产，并患上严重的精神分裂症。拉里用在印度学到的法功为格雷治病，竭力使他对自己恢复信心，重新振作起来；为了使原本纯洁、高尚的索菲从丧夫的打击中重建对生活的信仰，拉里决定与这个已成暗娼且酗酒、吸毒成瘾的女人结婚，以此挽救她。拉里拯救索菲如同基督拯救人类一样，带着浓郁的自我牺牲的意味。然而伊莎贝尔从中捣乱，拉里和索菲的婚事化为泡影，索菲最后彻底堕落，死于非命。在这样一个罪恶、金钱、情欲压倒一切的社会中，人类本性中的美与善是那样渺小和无助，而拉里却愿意做一盏黑暗中的明灯，安抚、慰藉乃至拯救那些既是罪人又是受害者的迷途羔羊。拉里凄然安葬索菲之后，散尽钱财，选择在茫茫人海中，做一名自力更生的出租汽车司机，靠他那圣徒式的理想人格和印度宗教以及哲学的神奇魅力，吸引那些追求真理的人接近他，因为他深信："很可能有少数几个人会看出我的生活方式带来幸福和安适，而他们也会转而把自己所学到的传给别人。"①

从以上三位人物的分析，可以看出毛姆对在世俗生活中能时时保持内省，意识到自己的缺陷并不断完善自我的人，一直以来都有着莫大的兴趣。他笔下的人物处处流露出高更的身影，他们追寻着共同的人生理想——精神的解放和自由，其人生轨迹是寻找自我和拒绝社会化，他们的性格发展也是动态的，是对自我寻求的认同，即自我的觉醒、自我的追寻

---

① ［英］萨默塞特·毛姆著，周煦良译：《刀锋》，上海：上海译文出版社 2003 年版，第 266 页。

和自我的完善。在这些人物身上，毛姆进行着他的三部曲，即由对丧失自我的反思到找回自我和完善自我的尝试。以他们来表现现代西方社会文化背景下人类的生存状态、生存过程和生存理想。正是这样，毛姆的主人公们踏上了高更曾走过的精神探索之路，他们由社会人到自由人再到超人，从肉欲层面的生活走向精神层面，一步步接近精神的绝对与纯真。他们各自尝试着不同的人生模式，在返璞归真的菲利浦，创造艺术美的思特克里兰德和达到至善的拉里身上，毛姆一步步完成了他所肯定的真、善、美，质疑了具有普适性却虚伪的社会道德价值观。这三个创作于不同时期的人物透射出毛姆在不同阶段对人性完善和幸福生活的不同理解。《人生的枷锁》收笔之时，正值毛姆与莎莉热恋、对婚姻生活充满无限憧憬之际，因此毛姆安排菲利浦的结局是经过一番磨难之后，回归到真实宁静的家庭生活。然而，短暂的婚姻并未给毛姆带来他所期望的甜蜜与安宁，离婚后，莎莉分走了毛姆大笔财产，她的精明强悍让毛姆厌恶至极。他从高更踏上职业艺术创作之后，遭到妻子的冷待和遗弃中也对夫妻之间的关爱与信任深感怀疑，只能像思特克里兰德那样选择逃离世俗的家庭生活，希望从原始生活中获得安抚与慰藉。尽管他敬佩高更那样决绝地告别文明社会，将自己的个体存在作为牺牲品祭奉在艺术的殿坛，同时他也深知大多数普通人无法企及这样轰轰烈烈的人生，更没有勇气和毅力切断与世俗的联系，逃避到荒野海岛，因此，拉里以“小隐隐于野，大隐隐于市”的智者形象出现，成为毛姆心目中最完善的人物，如闲云野鹤，在茫茫人海淡定自如。此时的毛姆已是年近花甲的老人，他对人生的看法已臻成熟。他所理解的幸福生活的状态是内心的宁静与充实，他深谙真正的逍遥之道和从心所欲不逾矩的规则。通过精神探索三部曲，毛姆完成了对社会的反思与批判，同时也完成了对人生的沉思与探索。这些人物记录在毛姆的心路历程上，高更曾给予他的启发，同时也代表了他为自己也为别人找寻理想人生模式的历程。

第三节 毛姆小说中的女性形象

毛姆小说中的人物塑造除了从高更的人生经历中获得启示之外，也从画家作品所描述的人物形象中得到灵感。高更的作品包括人物画、风景画和静物画，其中大部分是以自己、身边的朋友和塔希堤岛上的居民为对象创作的人物画。而画家尤其偏爱女性肖像，以他第一次逗留塔希堤期间创作的77幅作品为例，其中有66幅是女人的肖像。这些画像表现出岛上女子处于人类未开化阶段，没有受到任何文明侵袭的自然原始之美。有评论者指责毛姆有明显的反妇女倾向，[①] 他笔下刻画的女性人物大多是西方文明社会中常见的女性，毛姆用或揶揄，或讽刺，或鞭笞的语调将她们的自私、冷漠和虚伪展露得淋漓尽致。然而，毛姆在创作于1930年的小说《寻欢作乐》一书中，塑造的人物形象——罗西·德里菲尔德却成

---

① 王冬尽：《毛姆反妇女倾向探析》，《沈阳师范学院学报》（社会科学版）1999年第3期。

为他所有小说中最鲜明生动、光彩照人的女性。本质纯真、心地善良的罗西与其他伪善世故的女子形成鲜明对比。她的一言一行和举手投足都带有一股自然率真的气息。她和高更画作中的那些塔希堤女人有着相同气质的美，她们反映出两位艺术家对于女性之美的理解所达成的共识。

“女性恶”这一概念形成于19世纪末期。[①] 女性一直是艺术家最热衷于表现的对象。在绘画艺术史上，女性形象从数百年的中世纪阴影中走出，在文艺复兴时期逐渐恢复了古希腊罗马时期的柔媚身姿。随后兴起的法国巴洛克艺术和洛可可艺术风潮，更是把对女性身体的崇拜和迷恋推上了顶峰。19世纪80年代末期，西方资本主义已发展到最完备阶段。发迹起来的大资产者和广泛的中产阶级陶醉在沉迷享乐的生活氛围中。随着经济的发展，由金钱伴生的一切肮脏与丑恶也随之呈现出来。此时的艺术作品中刻画的女性已不再是古典艺术中高贵典雅的缪斯，她们有的已成为世俗生活中为了钱和势力可以交换自己的肉体甚至灵魂的风尘女子。巴黎社交界性感美貌的名媛和红伶被英国画家劳特累克变成画布上可怜的丑妇或是臃肿的母夜叉。文学作品中也频频出现这类在拜金漩涡中迷失和堕落的女主角。福楼拜笔下的包法利夫人、狄更斯在《大卫·科波菲尔》中塑造的艾米莉以及德莱塞的嘉莉妹妹即是此类的典型。旨在对西方社会道德风气进行矫枉过正的文艺运动很快在各界艺术中引起强烈反响。尤其是

① 马凤林：《情爱画廊：西方15—20世纪情爱绘画艺术》，桂林：漓江出版社2000年版，第157页。

那些在情感生活中受过伤害的艺术家更是积极参与其中，他们要么把西方文明世界的女性视作淫欲之源，是引诱男人犯罪的罪魁；要么把目光投向遥远的异族，寻求未受文明侵袭的理想女性，高更毫无疑问属于后者。

高更和毛姆都曾与西方女子有过不愉快的经历。高更的妻子梅特出生于丹麦商人世家，她精明能干，在与高更的婚姻生活中担任着料理家务、照顾五个儿女和丈夫的职责，她无论如何也不能理解高更放弃优厚的股票经纪人职业而选择职业画家的道路，更不能原谅因为丈夫的选择而使全家人的生活陷入困境，生活质量一落千丈。她抛下丈夫，带着孩子回到丹麦娘家，对贫困中写信来求助的高更亦是冷言相对，不理不睬。从高更写给妻子的书信中可以看出渴望家人支持和关爱的画家时时遭到亲人的冷遇。“我开始自忖，对我的家庭来说我是否还存在，当我过六月的生日、圣诞节和新年时，你那里只字全无。”“当我长久得不到你和孩子们的消息时，我常常会惧怕一种不幸的降临。”[①]“我越来越不理解，你有我的地址，也可打电报到我的新址，可你却从不写几个字给我。”[②] 妻子的态度令高更心灰意冷。他在心脏病复发、吐血不止之后，给冷漠的妻子发去最后一封信。“倘若你今后给我

---

① ［法］保罗·高更著，［法］莫里斯·马兰格编，闵希文译：《高更给妻子和友人的信》，北京：东方出版社 2001 年版，第 202 页。

② ［法］保罗·高更著，［法］莫里斯·马兰格编，闵希文译：《高更给妻子和友人的信》，北京：东方出版社 2001 年版，第 208 页。

写信，一如你原来那个样子的话，我请求你别写了。”① 高更待在塔希堤的最后两年里，梅特把高更寄给她保管的油画悄悄售出，并扣住货款，使高更在岛上无钱治病，在受尽病痛折磨之后孤独离世。临终前，他写信给朋友一一告别，却再三叮嘱友人不要给他的妻子任何问候，也不留给她任何遗产。高更与妻子的决裂过程是一个西方文明社会的女子在丈夫不能为家人的餐桌送上面包之后，残酷地将其抛弃的过程。因此人们不难理解高更对友人诉说的苦衷：“你们文明观念的夏娃，使你我几乎都变成了女性的憎恶者。”②

给予高更温柔的女性关爱的人是塔希堤女人。虽然她们在欧洲人眼中是一群野蛮、没有开化的原始土著，但她们像岛上金色的阳光，温暖地抚慰了画家孤独的心，给他无限的创作灵感。高更在岛上与一名土著少女按照当地习俗结为夫妇。他们一同度过两年多幸福的时光，高更这一时期创作的女人肖像中，那个身材矮小结实，留着卷曲鬈发的女人即他的土著新娘——泰胡拉。她与高更的第一任妻子不同，她没有把自己的女性魅力作为掳获和操控男人的工具。她对画家未曾有任何要求，也从不干涉他的工作，更没有妄想过要在他的灵魂之中占据一席之地，只是毫无心计地给予画家无私无求的爱，在这种爱的包容下，高更可以自由自在地从事他的创作。高更在他的手记中如此回忆那一段日子：“我又投入

① ［法］保罗·高更著，［法］莫里斯·马兰格编，闵希文译：《高更给妻子和友人的信》，北京：东方出版社2001年版，第218页。

② ［法］保罗·高更著，［法］莫里斯·马兰格编，闵希文译：《高更给妻子和友人的信》，北京：东方出版社2001年版，第227页。

工作，幸福住进了我的房舍，它随着太阳而起身，像太阳一样辉煌灿烂。泰胡拉脸上的金光使茅屋内外洋溢着欢快的气氛与明朗的色调。我们俩是那么淳朴，生活是那么简单！早晨，我们一道去屋旁的小溪边洗漱，心中无比惬意，就像第一个男人与第一个女人一道走向天国。”① 高更带着泰胡拉去找法国宪兵借马，他的妻子遭到宪兵老婆的歧视和恶语讥讽，这次对视加深了高更对白种女人的厌恶。“我看在眼里，觉得这两个女人之间的对峙具有象征意味：一个残荷败柳，一个含苞欲放；一个代表法律，一个拥有信仰；一个矫揉造作，一个自然率真。与后者相比，前者散发着一种撒谎与不怀好意的浊气。这也是两个种族间的较量。我的种族好像给美丽的蓝天罩上一层烟雾，我为此而羞愧，赶紧把目光移开，投向那活活泼泼的金黄色皮肤。于是，我一下子感到平静与欣慰。我已经爱上了它的明亮与闪光。”② 高更毫不掩饰地道出了他对质朴自然的土著女人和西方白种女人爱憎分明的态度。他用红色、黄色和金色这些象征生命热情的颜色描绘当地女子在慵懒、闲适和纯朴的生活状态下呈现的千姿百态。她们在欧洲人的审美规范中，不能算漂亮的女人。不过，她们却有一种美的气度。由于气候炎热，岛上的土著女子终日都是裸体或半裸体，但她们没有丝毫的猥亵、色情之态。高更给他的作品赋予了一种神圣庄严的凝重特征，使得画中女子的

① ［法］保罗·高更著，郭安定译：《诺阿·诺阿——芳香的土地》，北京：中国人民大学出版社 2004 年版，第 58 页。

② ［法］保罗·高更著，郭安定译：《诺阿·诺阿——芳香的土地》，北京：中国人民大学出版社 2004 年版，第 54 页。

容貌与曲线相交，具有拉斐尔式的和谐与恬静，而她们的神情和姿态亦呈现出高尚的纯洁之美。高更十分迷恋这些处于原始状态的赤身女子，他对“她们身体的金黄色”、神秘的仪态举止以及美丽外表之下，健康、纯真的人性之美都有着无穷无尽的兴趣。那如旷野之风的迷人女子，激励着高更创作了诸如《芳香的土地》《塔希堤女人》（见图1）、《海边的塔希堤少女》（见图2）以及《向玛利亚致敬》（见图4）等作品。从这些作品中可以看出，高更先前在布列塔尼时，那种绝望、悲哀的情调已经完全消失，他已经从原始女人身上获得了期望已久的宁静与快乐。而这些作品也正是他为岛上原始女人谱写的一曲曲赞歌。

高更创作于1891年的《向玛利亚致敬》歌颂了伟大的母爱。画中，“高雅、慈祥、微笑的母子，色彩鲜丽调和，菩萨式的静穆站姿和宁静的双眼，仿佛向人们倾吐着母子间和谐的爱”①。这种爱只短暂地存在于毛姆幼年的记忆中。8岁丧母的经历造成毛姆对来自女性的无私、温柔之爱的巨大缺失，激发了他对这种爱的强烈需要。一般而言，幼年时的情感创伤可以通过成年后的美满爱情得到修复，但这种修复的可能性却未能转变成现实。在与西方文明世界的女子交往中，毛姆同高更一样充满着痛苦的回忆。矮小口吃的毛姆从来就没有受到爱情之神的眷顾。与莎莉的婚姻也是因为生活的需要，而非爱情的结晶。他始终认为莎莉看中了他的名誉、地位和

① ［法］勒内·于纳格著，孙丽荣、孔凡平译：《高傲的野蛮人——论高更的艺术》，沈阳：辽宁美术出版社1993年版，第143页。

金钱，才使用手腕与他成亲。毛姆很快就开始讨厌莎莉，直到垂暮之年仍对她心怀怨恨。他把这次只维持了10年的婚姻看作是迫于道义的压力缔结的交易，而莎莉显然在以后的生活中并没有遵守双方协议的条件。他最终认为："女人是男人混乱的起因，她们贪得无厌，焦虑不断，冲突不停，天天如是地破坏，满屋子的暴风雨。"[①] 他对女性抱有极强的偏见和憎恶，但是作为一名爱德华时代的绅士，他在生活中依然不失风度地与身边接触到的女子彬彬有礼地周旋，只有在自己的文学创作中才肆无忌惮地将心中的愤恨一泄为快。纽约的一位精神分析学家利奥波德·贝拉克分析了毛姆的十多篇小说后得出结论说，他最突出的倾向就是反对妇女。在毛姆逝世前两年，贝拉克还发表过一篇文章，指出毛姆以一种怀疑、恐惧和压抑感的眼光看待女性，并建议他用精神疗法医治，以发展他的感情范围。[②]

毛姆带着中世纪僧侣们的情绪，把西方文明社会的女人看作是诱惑男人、导致男人堕落的祸水。一大批"邪恶女人"的人物形象出现在他的长、短篇小说中。她们大致分为两类：一类是天生愚钝的自甘堕落型，这类人物形象的代表是《雨》中的汤普森小姐和《人生的枷锁》中的米尔德丽德，毛姆对这一类型女性的悲剧结局极尽鞭笞之语。更多的则是第二种类型，即外表温柔可人，实则冷酷自私，希望施

---

① ［美］特德·摩根著，梅影、舒云、晓静译：《人世的挑剔者——毛姆传》，长沙：湖南人民出版社1986年版，第259页。

② ［美］特德·摩根著，梅影、舒云、晓静译：《人世的挑剔者——毛姆传》，长沙：湖南人民出版社1986年版，第260页。

展自己的女性魅力以控制男人的权欲型。她们就是《爱德华·巴纳尔德的堕落》中的伊萨贝尔、《寻欢作乐》中试图操控名作家以增加自身的社交筹码的巴顿·特拉福德太太和《剧院风情》里的一代名伶朱莉娅。而《月亮和六便士》中的布兰奇则集中代表了毛姆所憎恶的女人类型。布兰奇成为画家思特克里兰德的情人后，费尽心机使用各种手段想把他系牢在自己身边。她试图用自己的美色和舒适的生活织成一张网，实现对画家情感上的占有。毛姆在这本小说中把他对女性的看法暴露无遗。毛姆借思特克里兰德之口，道出了自己对文明社会女人的评价："要是一个女人爱上了你，除非连你的灵魂也叫她占有了，否则她是不会感到满足的。因为女人是软弱的，所以她们具有非常强烈的统治欲，不把你完全控制在手就不甘心。女人的心胸狭窄，对那些她理解不了的抽象东西非常反感。她们满脑子想的都是物质的东西，所以对于精神和理想非常妒忌。男人的灵魂在宇宙的最遥远的地方遨游，女人却想把它禁锢在家庭收支的账簿里。"① 毛姆把她们视为导致男子堕落和毁灭的红颜祸水，她们有着纯洁妩媚的外表，实质却是工于心计。她们游刃有余地周旋在男女的感情游戏中，在危急的情感关头，总能安全地全身而退，像与野兽经过一番殊死较量的猎人，漠然而冷酷地低头望着地上奄奄一息的猎物。她们利用爱情这一武器使倾慕者臣服于脚下，成为她们手中的拉线木偶。《湖畔恋情》中的伊沙

① ［英］萨默塞特·毛姆著，傅惟慈译：《月亮和六便士》，上海：上海译文出版社 2003 年版，第 139 页。

尔和《山顶别墅》中的玛丽即此类女子的典型。她们都在一场激烈的爱情中，凭借动人的美丽使男子为之失魂落魄。但玛丽仅仅是因为生活的空虚无聊才与青年小提琴手发生一夜恋情，伊沙尔也利用罗逊对她的爱来满足自己和家人的虚荣心。小提琴手和罗逊在爱情的幻灭之中绝望自杀。毛姆笔下的女性几乎都被他塑造成可憎的“妖魔”形象。那么，这位对女性有着极深偏见的作家心目中的理想女性是什么样的呢？

毛姆对高更进行研究时发现，与那些企图把自己的女色当作残忍的心理武器的欧洲女人相比，原始女人才是真正能激起男人情欲的女人。她们的爱无私、宽容而且善意。毛姆因而在一篇文章中写道：“塔希堤女子泰胡拉对高更最大的贡献在于她爱他，却从未想过占据他的灵魂，她让画家随心所欲地在他的精神世界遨游、自由自在地进行绘画创作。”[①] 毛姆心目中的理想女性正如高更画作中原始土著女人那样有着一颗天真、质朴的心，美丽却懵懂。《寻欢作乐》中的罗西·德里菲尔德身上则集合了毛姆所构建的全部理想特征，成为这位以厌恶女性著名的作家的所有小说中最光彩照人的女性形象，也成为20世纪英国小说中令人难以忘怀的女性形象。[②] 小说一问世即引起评论家的极大兴趣，因为毛姆在这本小说中一改以往作品中对女性的偏见，以爱慕者的身份来追

---

① Subranmani. “The Mythical Quest: Liberty Responses to the South Seas”. In *Contemporary Literary Criticism*. Eds. Sharon R. Gruton & Laurie Lanzen Harris. Vol. 15. Detroit: Gale Research Company, 1980. p. 368.

② ［美］特德·摩根著，梅影、舒云、晓静译：《人世的挑剔者——毛姆传》，长沙：湖南人民出版社1986年版，第373页。

忆一个美丽女人的一生。迷人的罗西生性风流，处处留情，却不失善良、坦诚与可爱。毛姆到南太平洋寻访高更资料时，很赞成当地土著妇女对于性的坦然态度。他对朋友说：“她们在男人面前随便委身，就像她们随便给人投去一个媚眼或献上一个花环一样，的确十分值得赞赏。”[①] 塔希堤岛上的生活、风俗、是非标准、伦理道德观点和西方文明社会完全不同。岛上的女人在男女关系上也比较随便。她们与男人相恋只出于一个原因：你情我愿。这些土著女人凭借情感和本能，用简单的方式处理原本简单而又被文明社会搞得很复杂的爱欲。吸引毛姆的正是这种非功利性的情感契合和爱的表达方式。相比原始女人，罗西同样觉得与自己喜欢的人同枕共衾是很自然的事，她从未企图通过性爱达到任何目的。毛姆把美丽的罗西比作林中空地上的一个池塘，既清澈又深邃，与她交往过的男子，即使是一个流浪汉、一个吉卜赛人和一个猎场看守人曾跳进去浸泡过，这一池清水会同样清凉，同样晶莹澄澈。毛姆在罗西的身上寄托了他对质朴的原始人性的赞美。他自觉而又不露声色地批判了那些用理性文化武装起来的、失落了生命原初本色的文明女人。

色彩是绘画的重要传达形式。狄德罗曾经指出：“素描赋予人与物以形式，色彩则给它们以生命。它好像是一口仙气，把他们吹活了。”[②] 由于色彩与人类的生活习惯、联想、审美

---

① ［美］特德·摩根著，梅影、舒云、晓静译：《人世的挑剔者——毛姆传》，长沙：湖南人民出版社 1986 年版，第 613 页。

② ［法］狄德罗著，张冠尧等译：《狄德罗美学论文选》，北京：人民文学出版社 1984 年版，第 370 页。

密切相关，因此往往表现出丰富强烈的感情含义和艺术家的爱憎倾向。高更最喜欢用金黄色来描绘土著女人在阳光下的健康肤色，那是被强烈的热带阳光晒成棕赭色的皮肤。因此，他的女人肖像画总给人一种阳光照射下暖洋洋的感觉。在《你嫉妒吗?》（见图3）这幅高更自己颇为得意的画作中，两个女孩在阳光照耀下的海滨沙滩休息闲聊，一个舒坦地仰躺在沙滩上，另一个侧坐在同伴身边，用眼睛斜睨着画外的观众，神情骄傲而妩媚。高更用最炫目的黄色来描绘她们的肌肤，使人在观画时产生被强烈的太阳光刺得睁不开眼的感觉，却还能感受到画中女孩慵懒闲适的心情。这幅构图简单却色彩奇异的画把观众带入了一个辽阔的想象空间。

色彩描绘同样也是文学作品表情达意的重要手段之一。罗西之所以动人美丽，重要原因之一就在于毛姆形容罗西时多次使用“金色”“光辉”“太阳”等色彩感觉强烈的词。她的五官没有贵族夫人的高贵气派，短短的鼻子稍嫌大了一点，眼睛略小，嘴却很大，厚厚的嘴唇鲜红性感。这种与南太平洋岛上土著女子相似的五官使她带上田野般的原始野性气息，而她金色的头发和淡金黄色的皮肤，则使其全身上下都闪耀着温暖的光芒。毛姆如此描述她的美丽，“罗西身上的这种金黄的色彩给人一种奇异的月光似的感觉。她就像夏天傍晚阳光逐渐从明净的天空消失时那么宁静。她的这种无限安详的神态一点都不显得呆板迟钝，反而跟八月份的阳光底下的肯特海岸那风平浪静闪闪发亮的大海一样充满生气”。[1] “她把自己的身体交给别人，好似太阳发出热量，鲜花发出芳香一样的自然。她觉得这是一件快乐的事，而她也愿意把快乐带给别人，这丝毫无损于她的品格，她仍然那么真诚、淳朴、天真。”[2] 歌德曾将色彩划分为积极的色彩（红、黄、橙、朱红）和消极的色彩（蓝、绿、灰）。积极主动的色彩能够产生出一种“积极的、有生命力的努力进取的态度”[3]。酷爱绘画艺术的毛姆，相对而言，对色彩有着比其他小说家更为敏锐的感受力。他用象征生命激情和活力的金色来描写罗西给人的印象，正是希望在这个人物身上寄寓他对理想女性特质的向往。1892 年，高更以当地民族创造者的神话故事为题材，用象征手法画了一个塔希堤女子——《怀吕玛提》，怀吕玛提是塔希堤马奥里族神话中的始祖泰弗罗的儿子奥罗之妻，她是第一个由民间迎娶的女子。高更在整幅画中都用朱红和金黄的调子，他想借此金色女像代表梦中的夏娃。正如高更在他的手记《诺阿·诺阿——芳香的土地》中记载的：“她那金黄色的肌肤仿佛闪烁着绚烂的阳光，而在她秀发里蕴藏着夜神无限的神秘！”[4] 画家和作家都明白金黄色对生命热

---

① ［英］萨默塞特·毛姆著，叶尊译：《寻欢作乐》，南京：译林出版社 2006 年版，第 179 页。

② ［英］萨默塞特·毛姆著，叶尊译：《寻欢作乐》，南京：译林出版社 2006 年版，第 246 页。

③ ［美］鲁道夫·阿恩海姆著，滕守尧、朱疆源译：《艺术与视知觉》，成都：四川人民出版社 2006 年版，第 466 页。

④ ［法］保罗·高更著，郭安定译：《诺阿·诺阿——芳香的土地》，北京：中国人民大学出版社 2004 年版，第 92 页。

情的象征意义。毛姆不止一次地提到罗西是一个淳朴的女人，有着健康和坦率的天性，她代表的是一种优美、自然而又不悖乎人性的人生形式。她活脱脱就是从高更的画作中走下来的塔希堤女人，像太阳一样把快乐的光辉传给身边每一个喜爱她的人，却从来没有意识到自己的美丽，更不会把这一美丽当作俘获男人的武器。她们才是让人怀念和喜爱的快乐源泉。

古希腊神话里的皮格马利翁，因痛恨女人而终身不娶。他穷尽毕生的精湛技艺雕刻出一个大理石的少女雕像，成为完美女性的化身。对女性深怀偏见的毛姆向来文风冷峻，但他却在唯一的一本小说里如此大肆笔墨赞赏一个在当时世人眼中被视为生性淫荡、道德败坏的女人，而且喜爱之情溢于言表，这不能不让人充满好奇。然而，从他与西方女性交往的不愉快经历和对高更的关注来看，高更画作中的原始女人吻合了毛姆心目中构筑的理想女性特征。两位艺术家的心灵深处，都长久而恒定地保存着一块没有被文明尘埃蒙翳的净土。他们向往那未受过文明污染、始终保持着浓烈生命热情和纯洁之心的自然人性。因此不难得出结论，毛姆与高更对女性有着相同的审美认识，挂在毛姆书桌对面的那幅采摘芒果的塔希堤女子画像满足了毛姆对完美女性的所有幻想。当毛姆对着画作凝神沉思时，一个明媚动人的女子形象就渐渐从画作中走出，最终以罗西·德里菲尔德的身份呈现在读者眼前。

第三章　生死之思——高更对毛姆在表现主题上的影响

文学作品与绘画作品互相借鉴主题的例子在文学史和艺术史上可谓屡见不鲜。西方绘画中大量的作品取材于希腊罗马神话和圣经故事，这是绘画借鉴文学作品的典型实例。德拉克洛瓦的《美狄亚》、鲁本斯的《被缚的普罗米修斯》、阿格桑德罗斯等三位雕塑家的《拉奥孔》是取材于神话的名作；米开朗琪罗的《伊甸园》、达·芬奇的《最后的晚餐》、伦勃朗的《被刺瞎的参孙》是取材于《圣经》的名作。而中国古代文人的题画诗则是文学受到绘画启发的代表。苏东坡的名诗《惠崇〈春江晓景〉》（二首）即根据惠崇和尚的《鸭戏图》有感而发所作。古今中外，文学与绘画互相取材，呈现着密切相关的主题内容。

同处一个时代的画家高更和小说家毛姆，他们的作品有着相同的主题。高更的“塔希提组曲”被世人称作颂扬生命热情与美的赞歌。他对生命的无限热爱来自于他在生与死的思索中体悟到生的意义，原始土著人对待死亡的态度给了他无穷的启示。他在绘画作品中所表达的观点即既然死亡是生命无可避免的终点，那么，不如将个体的终结看作生生不息的宇宙生命的一个组成部分，由此摆脱对死亡的恐惧，在有限的生命历程中实现自我的超越，找寻到存在的真谛。这样一种人生哲学深深打动了毛姆。对死亡有着深刻体验和认识的毛姆，也把自我的完善和生命的重塑看作人的得救之道。他们的作品在一个信仰崩塌的年代，捍卫了宇宙的神性和生命的尊严。

第一节　高更对生与死的思索

19 世纪末 20 世纪初的现代工业生产方式和都市生活方式，拦腰斩断了人与自然的诗意联系。物质与精神的原初和谐被彻底打破，上帝死亡，诸神隐退，物欲弥天。世界被盲目的物质定律和物质力量所操纵，丧失了“神性”。个体不仅成了在劫难逃的“空中飞人”，而且成了精神世界崩溃的文化工业的副产品。一种旷古罕见的异化状态威胁着貌似自由的现代人。空虚烦闷成为主要的时代情调，颓废无聊成为主要的生活方式，精神失常成为主要的心理疾患……正如宗白华先生谈论歌德及《浮士德》的意义时所说：“近代人失去了希腊文化中人与宇宙的谐和，又失去了基督教对上帝虔诚的信仰。人类精神上获得了解放，得着了自由，但也同时失去依傍，彷徨摸索，苦闷追求，欲在生活本身的努力中寻得人生的意义与价值。”①现代文化的主题由此应运而生，它

① 宗白华：《艺境》，北京：北京大学出版社 1987 年版，第 36 页。

对人类存在的终极思考，号召每一个处在世纪之交的有识之士探索一种更富激情、更具感性自由和诗意美的生活方式。正如小孩遇到危难时本能地会哭喊爹娘一样，人类在本体存在行将灭顶之际，同样也会回溯源头，抓住原始文化以求新生。在文明演变的历史中，不少哲人智者都曾在社会危机时期从原始文化中挖掘应急的经验良方：主张返璞归真的老子、幻想出桃花源的陶渊明、杜撰出乌托邦的莫尔、依古风造新俗的卢梭……原始母题给过文明人无数的启发。这一次西方人面临的是人类亘古未遇的重大历史转折，何去何从的问题已失去了传统理性的指导，未受文明侵袭的原始文化，特别是原始艺术成了西方人可攀缘的一根救命索。寻找失落的世界，一直到洪荒远古，都是西方现代艺术家所做的救危图存的挣扎。既然人类曾经从扑朔迷离的原始文化中找到过文明的出路，在当今艰难竭蹶之时，同样也可以再次从原始先民的文化中获得启示。

深受毛姆喜爱的画家高更，自认为是未受文明社会污染的野蛮人，他是世纪之交时复兴原始艺术的先驱者之一。在反叛西方文明、重塑人与宇宙重新对话的交点时，他把大量东方原始艺术中的神秘主义元素融入作品中。近代科技的发展促使人们更清晰地认识宇宙世界，达尔文的生物进化论彻底打破了上帝的神性，一直被人们奉为拯救精神和灵魂的基督教实质上只是一种人为建立起来的理性，这种人造的理性成为可以控制人精神的工具。高更在布列塔尼的宗教题材画已初显他对基督教的教义产生的怀疑。阿旺桥附近残留着许多历史遗迹：石雕的圣者像，基督磔刑像，中世纪的教堂，以及随处可见的粗糙的基督十字架的石雕。他在这期间的宗教题材画中有一幅《黄色的基督》（见图5），显然是受阿旺桥村外特列马洛古钟楼上的彩色基督雕像的影响而画的。画中黄色的基督像上的十字架将画面分割成庄严而稳固的左右两部分，背景是布列塔尼的秋景，前景很大胆地配置了三位布列塔尼农妇，农妇身上的青色衣服，使整个黄色基调显得皎洁，在明快而柔和的色彩下流露出凝重、忧郁的情绪。以同一精神画的另一幅油画，是十字架上的绿色基督。高更采用同样凝重的色调，使画面呈现出一种孤独冷漠的气氛。随后创作的《橄榄园的基督》和《有黄色基督背景的自画像》也仍然是凝重而严肃的气氛。但是，仔细观察这一组1889年创作的基督系列作品就会发现，高更恶作剧式地把十字架上受苦受难的基督换成了自己，有一理解认为此画表明高更借助基督受难来比喻自己为艺术殉道的悲壮情怀和甘愿为艺术牺牲的决心，而笔者认为这正是高更意识到世间本无救世主一说，每个人都是自己的上帝，只能自己解救自己。坚持自己的艺术追求即是他选择的自我解救之路。从这一年开始，高更的创作对象从风景转向人物，尤其是宗教意味浓烈的基督受难像，表明他所关注的重心已从自然转向自我的内心世界和人的存在，而以自己代替基督则初步展示出他向基督教教义挑战的决心。

高更在踏上塔希堤的首府芭比堤后对基督教可以救助人的灵魂一说更加怀疑不已。眼前的景象让他非常失望，与他幻想中的伊甸园不同，这是一个被白人传教士和商人污染过的天堂。他亲眼看见传教士为了自己的私利，打着供奉上帝的旗号，让殖民地的原住民冒着被鲨鱼吞噬的危险下海寻找珍珠；他也看到传教士披着伪善的外衣，借着感化教民的机会奸污土著女子。他在自己的回忆录《此前此后——高更回忆录》中痛斥道：“传教士不再是一个人，一种责任，而是受一个团体支配的行尸走肉。没有家庭，没有爱情，没有任何对我们来说是珍贵的感情。”[①] 自诩为上帝代言人的传教士只不过是殖民者统治殖民地人民的精神工具。而人们信奉的上帝，“不如说是阳光下吃着人心的恶魔”。[②] 与此形成鲜明对比的是，等着虚伪的白人传教士开化教导的原始土著人，他们以质朴、天然的生存状态，与自然和谐相处，没有善、恶的争端，在与大自然的交融中尽显人与人之间的美和善。洞悉这一点的高更，虽然没有宗教信仰，却创作出大量以塔希提为背景的宗教神话题材作品。他的《礼拜玛利亚》把欧洲的神塔希堤化，他在《神之子基督的诞生》一画中，将土著农妇和她与画家生下的混血儿比作塔希堤的圣母和圣婴，他故意把这里的“野蛮人”提高到神圣的地位上，或者说是故意把神圣的基督放到“文明人”瞧不起的“原始”世界中去。从他在布列塔尼的充满宗教隐喻的画到最后的“塔希堤组曲”系列，都是艺术家转向原始文化，用身心去寻找一个新的可以支撑人们精神世界的神的体现。

高更从原始文化中找到的神不是基督教、伊斯兰教、佛

---

① ［法］保罗·高更著，麻艳萍译：《此前此后——高更回忆录》，北京：新星出版社2006年版，第166页。

② ［法］保罗·高更著，麻艳萍译：《此前此后——高更回忆录》，北京：新星出版社2006年版，第42页。

教或犹太教中的上帝、穆罕默德、释迦牟尼以及耶和华，它不是高高在上、供人顶礼膜拜的神，它就存在于人们的四周，它是创造宇宙生命的力量，是春去秋来、日夜更替、万物迁移这些纷纭万象背后无限的宇宙大生命。高更对生命的体悟直接来源于他对生与死的思索。既然基督教教义中许诺人们死后的天堂并不存在，那么，人们该如何在面对必然来临的死亡的恐惧中继续生存呢？孔子云：“未知生，焉知死。”但同样，没有对死亡的正确认识也无法更好地生存。在塔希堤生活了12年的高更常常孤独一人面对岛上的热带雨林和大海上的日升日落。他追求艺术梦想的一生充满坎坷、痛苦与不幸，因为贫困和疾病，他曾多次徘徊在死亡的边缘。悲观绝望时闪现的死亡意识和对衰老、病痛、死亡等现象的恐惧如一道强光，照亮他对生存问题的思索。他开始非常关注原始人对待死亡的态度。无论是远古时期的原始人还是现代地处蛮荒之地的土著人，他们对自然界一切现象都充满敬畏。四季轮回、雷鸣电闪、万物生生不息的运动和变化，个体生命的生老病死在原始人眼中都是神秘莫测的。他们将死亡看作是人被神召回的无可避免的命运，是步入另一个未知世界的开始和一段全新旅程的起点，因而能够在恐惧之余平静地面对死亡。高更把从原始艺术中获取的关于死亡的启示创构于绘画作品中，以期唤醒存在，重建生命，发挥死亡意识对人生的积极作用。他的这一表现手法与毛姆小说中由死亡观念引发的对人的存在状态的批判性审视和自我超越、自我完善的方法不谋而合。

高更对死亡的思考始于布列塔尼，最终成形于塔希堤。

他在布列塔尼期间，仔细地考察了当地人对待死亡的习俗，对他们将棺材抬入墓地前在教堂大门上叩三响和其他各种习俗一一作了记载。他创作的黄色基督和绿色基督的自画受难像已经透露出艺术家对生与死的思索逐渐成熟，而以肉体的消亡为代价换得精神意义的永存不朽是高更预见到并无畏选择的道路。他离开欧洲，在登上塔希堤的最高峰——阿奥莱峰时，记录下他想起的土著神话中，月神希娜和地神特法图的对话。

希娜对特法图说：

——人死了，请把它复活。

地神是这样回答月亮女神的：

——不，我绝不这样做。人必须死，草木必须死，一切以草木为食物的都必须死，大地也会死，大地会完结，永远不再复生。

希娜又说道：

——那就请便了。不过，我一定要使月亮复生。

于是，希娜所掌管的存在下来，特法图所拥有的丧失了生命，人因而也注定要死亡。[①]

高更随后在1893年，把他脑海中出现的对话创作成《月亮和大地》，画里的女子即是月之女神希娜，男子则是大地之

① ［法］保罗·高更著，郭安定译：《诺阿·诺阿——芳香的土地》，北京：中国人民大学出版社2004年版，第44页。

神特法图。画的上方是涓涓的泉水流灌着丰饶的大地，还有充满生命力的人体。虽然月亮女神在对话中宣布地球上的一切生命都有消亡的一天，但这幅画并没有笼罩着灰色的悲凉气息，相反，这幅画像诗一样写出了土著人内心坦然接受宇宙自然界的法则，而且还表达了他们对生活与爱情的颂歌。

原始人的生死观使高更在思索生死问题时，受到无限的启迪。塔希提土著人的神话中，人仅仅是生命的万能诗篇里的一个小插曲，只有周而复始、连续变化的月亮才是永恒运动的体现，个体的消亡是为了新的个体的出现，出现的新人将优于被他取而代之的旧人。从历史观点来考察，这无异于某种形式的进化论。这些原始人很早就总结出死亡是生存的事实，是生命状态的事实，任何人都难逃这个必然的归宿。但是死亡远不是在生命的终点才遇到的情况，死亡意识不仅是关于死亡的意识，还贯穿于人的全部生命过程。如何摆脱死亡的阴影，如何在死亡的意识中逃避、消解、克服或面对死亡意识的摧毁，成为高更在多次的困顿绝望中必须解决的问题。在创作于1897年的《永远不再》中，死神和死神象征的乌鸦直接出现于画面中，那是诗人爱伦坡的诗《大乌鸦》中象征不吉利的鸟反复鸣叫不止的声音，也是《泰胡拉看见死魂灵》（见图6）作品的延伸。躺在床上的女人的面部表情很奇特，虽然脸上没有激烈的表情，但眼神里却透着恐惧或害怕的神情，背景左侧有一只恶魔之鸟正注视着她，它是来自精灵世界的使者。画面中忽明忽暗的磷火闪现着诡谲的蓝光，使整个画面中酝酿着死亡的气息，对于病魔缠身的高更来说，那回响于画布中的大乌鸦的不祥叫声和土著女子看见死魂灵时，时而漠然时而惊惧的眼神，正是画家自己内心思索死亡意识的写照。高更再一次病倒，处在悲痛与幻觉的不断转换中。不久之后，他又在岛上获悉爱女死于肺炎，他的精神濒临崩溃，第一次对颓丧无望的生活感到没有意义。此时，他万念俱灰，萌生了服毒自杀的念头。他在给亲友的信中道尽了孤独的痛苦，字里行间不断出现“自由意志的死亡”“任意的死亡”“精神与肉体的痛苦全面获得解放”等悲观的字眼。在结束生命之前，作为他的人生终曲和精神遗嘱，他画出最后一幅力作《我们从哪里来？我们是谁？我们要到哪里去?》（见图7）以表现他对整个人类生命本质意义的哲学思考。在这幅高一米四、宽三米七的巨作中，右下角沉睡的幼儿象征人生命的开端，旁边蹲着三个女人及站着穿紫衣长袍的两个人，她们正切切交谈着，她们代表着人生的壮年。一个被故意夸大透视而蹲伏着的巨人把一只手臂伸向天空，惊奇地看着那两个为自己命运叹息的人。中间有一个人正在采摘水果。小孩的身旁有两只猫和一只黑色的山羊，一尊神秘地、有韵律地举起双臂的偶像似乎在指点日后生命的迷津，一个蹲着的女孩好像在倾听偶像的述说。最后就是濒临死亡的老妇，她好像已经看破烦忧的往事，坦然地接受自己的命运。而她脚旁抓着蜥蜴的奇异白鸟，则象征着人类语言的虚无。高更在给朋友的信中介绍自己创作这件作品的想法：

“我们到哪里去?”

一位垂死的老妇人身旁，

一只惊呆而异样的鸟在作出判断。

"我们是谁?"
日复一日地生存,
人本能地自问，所有这一切说明什么?
"我们从哪里来?"
泉水,
小孩,
共同的生活。

这是高更最大的一幅画作，他以令人难以置信的狂热整整画了一个月，它也是高更谱出的人类对于死亡之思索的最强音。高更在给蒙弗雷德的信中说："这幅画的意义远远超过了我所有以前的作品，我再也画不出更好的，有同样价值的画了。在我临终以前，我已经把自己的全部精力都投入这幅画中，这里有多少我在种种可怕的环境中所体验过的悲伤之情。在这里，我的眼睛看得多么真切而且未经校正，以致一切轻率仓促的痕迹都荡然无存，它们看见的就是生活本身。"① 生活就是高更画作中从右至左的婴儿到老妇这样一个永恒轮回的短暂循环过程。此时的高更已清醒地看到中国古代哲人庄子早在两千多年前就已认识到的现实，"死生，命也，其有夜旦之常，天也"。人的死生，正如昼夜的变化一样，是自然不可避免的事。人获得生命，来到世上，只不过"若白驹之过隙，忽然而已"。在无限的时间中只是短暂的一

① ［法］勒内·于纳格著，孙丽荣、孔凡平译：《高傲的野蛮人——论高更的艺术》，沈阳：辽宁美术出版社 1993 年版，第 96 页。

瞬，而且不可避免地束缚于物质的、道德的羁绊，充满着忧患和苦痛。因而人对于生命之后必然来临的死所产生的疑惑也伴随而至：人作为一个“在者”，既然必有一死，那么此生将如何存在？这些由画作题目宣告的问题包藏在巨大的画作中，画家在漫长的思索后得出的结论就是生命本无意义，人生的肯定者应当按照生命的本来面貌接受生命，把这虚无痛苦的生命原原本本地接受下来，使人的生死完全融合到一种具有必然性、宿命性的自然律动中，把自我融入生生不息的宇宙生命中去分享其中永恒的宁静和快乐，并在亘古的大自然里放任自己于生的幸福之中。高更用令人炫目的金色和红、黄、蓝的三原色表达自己希望生命如夏花般绚烂的心声。他时常感叹道：“生命几乎是一秒钟的事，永恒就在如此之短的时间里酝酿。”[①] 正是这些蓝、红、橙、黄、紫的有力色阶，交替形成了一种冷热色调，使生与死这一主题产生出震撼人心的含义。高更把生命交给艺术，就如其他人投身宗教一样。他提出的这些问题：“我们从哪里来？我们是谁？我们要到哪里去？”赋予了生命一种可被追寻探求的意义，而不是从人或神的嘴里说出来的拙劣回答，使生命在短暂的一瞬间凝聚成艺术不死的永恒。

贫困和疾病缠身的高更，不断遭受世人的遗弃和社会的打击。胃伤、疾病、神经的过度敏感，都使筋疲力竭的他时常失眠，有时又能睡上 20 个小时。梅毒、过度纵欲和酒精都

---

① ［法］保罗·高更著，麻艳萍译：《此前此后——高更回忆录》，北京：新星出版社 2006 年版，第 14 页。

在快速侵蚀着他的身体。如同他自己曾经吐露过的，他确确实实在绝望无助中自杀过几次，但他每一次在心灵风暴中与死神进行飞沙走石般的搏击后，最终总能顽强地战胜死亡。从创作于这一时期的《手捧果盘的女人》（见图8），可以看出即使生命带给他的苦难多过甜蜜，他仍然对生命保持着恒久的热爱。画中的两个采摘水果的女人，淳朴而优雅，肩膀宽阔，胸部曲线丰盈优美。象征旺盛生命活力的乳房与果盘中艳丽的红花和她们丰厚的朱唇，同黄绿树隙间洒落的光线背景相映成趣，跳动着令人畅快的生命韵律。尽管生命必将终结，难道人们就不能讴歌生命的快乐吗？“这些尝试不正是试图在失去色彩的灰色世界里，再次注入生命的运动吗？”① 这幅画很难让人相信是创作于高更多灾多难的垂暮之年，那时他刚刚自杀未遂。他努力地给生命注入一种目的和意义，使生命在力的追求中超越自我，获得新的创造。晚年的高更虽然体弱多病，时常生活在死亡的阴影下，然而每当他恢复明智和力量时就又能执笔作画，表现梦幻的美和原始的人性。在对生与死的脱胎换骨的认识中，他找到了宇宙之源。法国博物馆高更资料室的工作人员在统计他的画作后发现，他的每一次轻生未遂都会带来一个艺术创作的高峰期，这是一个以死亡意识激起无限生命热情的人所显露出的悲剧英雄的本色。就在他离世前几个月，高更还创作了另一幅作品《女人和白马》，骑着马的青年男女在玫瑰色的河岸边欢笑嬉戏，他

---

① ［日］今道友信著，鲍显阳、王永丽译：《关于美》，哈尔滨：黑龙江人民出版社1983年版，第39页。

仍然感叹道：“我在这片土地上是幸福的。”① 画中远远的山头上画着一个显眼的十字架，不知是教堂还是墓地，表明他意识到自己的大限之期将要来临。因此，他已经做好以平静坦然的心情应对死亡的准备。可以说，高更最后对死亡的态度已达到中国古代圣哲对死亡的超脱境界——把有限的个体生命视作无限的宇宙生命的一部分，正如妻子死后却还能鼓盆而歌的庄子。高更用他的艺术激情，在有生之年，尽情活出生命的精彩；在大限来临之时，从容平静地面对生命的终结，因为对他而言，死亡只不过是“偃然寝于巨室”，静静地安息在天地之间而已。

第二节　战胜死亡意识的生命颂歌

与高更相同，毛姆亦把死亡看作人生一个无法逃避的根本问题。8 岁丧母，10 岁殒父的经历使毛姆自幼就对死亡有着切入肌肤的感受。他遗传了母亲肺部虚弱的基因和敏感的体质，在当时医疗条件不发达的年代，可怕的肺结核如死亡的阴影终生笼罩在他的头上。青年时代，他进入伦敦圣托马斯医学院学医，曾作为产科助理医生在兰贝斯地区实习。在这个伦敦著名的贫民区里，毛姆每天都会接触到因营养不良或难产等原因死亡的产妇和婴儿。医学环境使他目睹了人间真实的生活，那是苦难、疾病、失望与恐怖充斥着的人生众

① 眭谦编著：《高更》，北京：人民美术出版社 2002 年版，第 148 页。

相。从那时候起，毛姆就习惯了以手术刀般锋利的眼光冷峻而沉静地剖析生与死。正如高更将死亡看作生命的必然结果，他把生命和始终作为种子存在于生命中的死亡联系起来考虑，认为辩证的生命观无非就是这样：生意味着死。生和死的绝对界限被辩证的理性缝合在一起，成为每个人必须面对的问题，无法逃避。毛姆没有宗教信仰，所以拒绝像其他人那样把对于死亡的恐惧消解在对来世或天国的向往中。他回忆在医科大学学医时的经历："我读了许多书。它们告诉我，人是一台机器，受机械法则的控制，机器停下来，人的生命也终止。我在医院里眼看着人们死去。我的受震动的感情给我证明我在书本上所读到的。"[①] 他将死亡和生存作为自己关切的中心，对它们进行深刻的体悟和形而上的沉思，并关注普通人面对死亡时的精神风貌和在死亡威胁下呈现出的芸芸百态。毛姆小说中的死亡主题常常隐藏其间。在其艺术世界中，死亡的幽灵追逐着每一个人。几乎每一部作品中都有人物死于"文本现场"。他描写了形形色色人物的死和各式各样的死亡表现，从年龄性别上看，有老人、中年人、青年人、少年、婴儿等男女不同阶段的死亡；从职业上看，有水手、诗人、家庭妇女、医生、商人、学生、殖民者、传教士、革命家、部落土人、流浪汉等各个社会阶层的人的死；从死亡原因上看，又有情杀、凶杀、毒害、自残、病死等种类；从临终表现看，又分从容、恐惧、挣扎、留恋、欺瞒等各色表现。与

---

① ［英］萨默塞特·毛姆著，刘文荣译：《毛姆读书随笔》，上海：上海三联书店 2007 年版，第 17 页。

传统的古典作家不同，毛姆不忌讳描写死亡，更不回避对死亡题材的深度挖掘。他希望揭示出死亡的突发性和随意性。死亡无所不在，不可避免，不服从于任何规律，无情地粉碎人们的一切努力和挣扎。“死是此在的界限，是时限性，有限性。”[①] 死亡使人美好的理想归于徒劳。在毛姆看来，不管是老年人还是青年，是勇敢还是善良，死亡都是每个人不可避免要面对的现实。

死亡神秘可怕的偶发性自然而然地会引发人们普遍的焦虑、空虚感。《刀锋》中的拉里在部队服役时结识了一位爱尔兰战友，在一次战斗中，这位战友为营救拉里而牺牲，拉里从战场上平安复员归来后，战友鲜血淋漓的尸体却在他头脑中形成难以摆脱的强烈印象，使他感到死亡的突发、生命的无常、人生意义的虚无和存在的偶然。强烈的死亡意识笼罩着他，他时常感叹道：“死者死去时那样子看上去多么死啊！”拉里自觉地选择了离群索居，独自一人四处漂泊寻找新的生活的真理，以建立自己人生的依据，摆脱死亡意识的威胁，把自己从恐怖想象中拯救出来，每个人与死亡交锋时都是孤军奋战，因此，“死亡可以使生命存在的个体性空前突出，能使个体性从与他人共在的群体性中摆脱出来”[②]。然而“一战”后的西方世界到处都是一样的紧张恐怖，一样的悖谬虚无，他看到的只是被死神玩弄于掌心之上的孤苦无助的

---

① 叶秀山：《思·史·诗：现象学和存在哲学研究》，北京：人民出版社 1988 年版，第 280 页。

② 李向平：《死亡与超越》，上海：上海文化出版社 1997 年版，第 169 页。

人类的尴尬处境，这就不能不使他陷入焦虑之中，在人生意义上陷入更沉重的精神危机。《人生的枷锁》中的菲利浦也有着相似的遭遇和体会，他在危难中为人所救，死亡体验把他从生命的麻木沉沦中唤醒，“产生出一种紧迫感、危机感和责任感”,[①] 开始对人的生命本质进行严肃的思考，好友和亲人的死亡促使他思索人存活于世的价值和意义所在。然而“世人皆醉我独醒”，战争死神胁迫下的欧洲社会风雨飘摇，人们在“一战”的兵祸中只求苟且偷生。菲利浦看不到生存的意义和人的价值，精神上产生了深深的焦虑感，常常被莫名的困顿和迷惑所围绕。他和大部分人在面对死亡时一样，都会产生《泰胡拉看见死魂灵》里的那个土著少女眼神中透露出的惊恐与迷茫。

“姑且不说整个世界充满了灾难、不幸和残酷，即使一切都是美好的、明朗的，在人终有一死的命运面前，所有美好都不过是一场虚空。”[②] 面对无可避免的死亡时，是应该积极地思考、筹划人生，还是应该在悲观迷茫中沉沦下去？这是毛姆和高更都一直关注的问题。贝多芬曾感叹道：“不知道死的人真是可怜虫！”但同时“只知道死的人更是可怜虫”！真正深刻的灵魂绝不会沉溺于人终有一死的悲观论调中。对死亡的过度恐惧只会流于肤浅的烦恼。毛姆在德国海德堡大学求学时曾研习过叔本华的悲观主义哲学。叔本华宣扬人生的

---

① 李向平：《死亡与超越》，上海：上海文化出版社 1997 年版，第 168 页。

② 刘小枫：《拯救与逍遥》，上海：华东师范大学出版社 2007 年版，第 296 ~ 297 页。

本质是痛苦，人的归宿是痛苦后的死亡，他一生都在探索人生痛苦的由来，并曾绝望地长鸣：“欲求和挣扎是人的全部本质，人生是在痛苦与无聊之间像钟摆一样来回摆动。事实上，痛苦和无聊就是人生的两种最基本的组成部分。”① 哲学著作能为文学作品的研究提供重要的文化背景。叔本华在《爱与生的苦恼》中说：“人生是一种迷误，因为人是一种欲望的复合物，是很不容易满足的，即使得到满足，那也仅能给予没有痛苦的状态，但带来更多的烦恼，这烦恼的感觉是人生空虚的成因，也直接证明生存的无价值。……人生向我们展示着生存的空虚，它是一个逐渐解除幻想的过程。”② 他认为，人生因为人无止境的欲望而成为一次又一次痛苦经历的重复循环，正如受到上帝惩罚的西西弗斯和普罗米修斯，生命的全部内容只是不断重复痛苦与无聊。这种悲观论调和虚无思想在“一战”后迷茫的欧洲大行其道。

毛姆也认为人生路上枷锁重重，最完美的人生格局无非是“人降生世上，受苦受难，然后离世而去”③。他把生命看作是一个虚无的因偶然机缘来到世上遭受苦难的过程，既渺小，也微不足道，但他却没有任这种悲观绝望的情绪影响其对人的生命意义和存在价值的继续探求。他通过正视死亡，

---

① ［德］叔本华著，金玲译：《爱与生的苦恼》，北京：华龄出版社 1996 年版，第 9 页。

② ［德］叔本华著，金玲译：《爱与生的苦恼》，北京：华龄出版社 1996 年版，第 110 页。

③ ［英］萨默塞特·毛姆著，张柏然、张增建、倪俊译：《人生的枷锁》，南京：江苏人民出版社 1983 年版，第 753 页。

引发对人的存在状态的批判性审视，并激发自我超越、自我完善的精神。塞缪尔·贝克特的《等待戈多》是在欧洲风靡一时的荒诞剧经典之作。从幕启到幕终，两个人木然地等待着戈多，等待着一个渺茫的希望。戈多究竟是谁？剧中并没有透露，它只是一个符号，一个可以拯救人类的符号，但它永远都不会来，人们只有在等待它的过程中走向死亡，也许死亡才是人最终的得救之道。该剧以一种荒诞的形式表现出全人类那种绝望无助的心理。既然人生是痛苦与无聊的，是荒诞不经的，那么存在于这个世界的意义何在呢？加缪在《西西弗的神话》首页即表明："真正严肃的哲学问题只有一个：自杀。其他的问题都是次要的'游戏'而已，因为判断生活是否值得经历，这本身就是在回答哲学的根本问题。"① 毛姆首先也必须判断他的生活是否值得继续、值得经历，他也必须首先回答这个问题。

早在古希腊罗马时期，哲学家和诗人就已经洞悉生命的荒诞和痛苦，他们在大量的作品中，流露出悲观厌世的情绪。柏拉图在《苏格拉底的辩护》中的某一节曾说：死亡虽永远攫夺了我们的意识，但也有意想不到的好处，最聪明的人不求最幸福的日子，但求没有酣梦的睡眠。海拉克利图斯的格言也说得妙：生命之义一如其名，而死亡是它的事业。特库里斯也有如下的一段名诗：

---

① ［法］加缪著，杜小真译：《西西弗的神话》，桂林：广西师范大学出版社2002年版，第3页。

对人而言，最善之策是不要出生，不要看到太阳神所惠予的光。生存中人！尽早进入黄泉国度之门，走向地下吧！

索福克勒斯名著《在科罗那之俄狄浦斯王》也有几句简短的话，叙说前述的悲观感受：不生，是最善的事，至于生者，应尽速回到原来的场所，即为第二之善。欧里庇得斯也说：悲惨充满人的一生，永无尽期。荷马也哀叹：世上没有比人更悲惨的——在地上呼吸步行的一切东西中。

与毛姆同时代的很多作家就被这种悲观绝望的情绪所击垮，他们中有的人因为惧怕老年受死亡阴影的威胁而选择在壮年的时候死去，另有些人则因为看透生命的荒诞和无意义，而陷入虚无的痛苦，并最终以自杀来解除这种痛苦。俄国诗人叶赛宁、奥地利小说家茨威格、英国小说家伍尔芙和美国小说家菲兹杰拉德等著名文学家，在感受到生命的无常和人生的空虚之后，精神抑郁，直至崩溃自杀。阿拉伯的劳伦斯于1935年因飞速驾驶摩托车，速度过快翻车而死，他是想在仍然掌握自我的时候借意外事故结束生命，以避免老年无用之苦，终日活在对死亡的恐惧之中。毛姆曾对这一事件作过评论，认为此举毫无意义。这种生理上的自杀只是一种消极逃避、俯首投降的态度。毛姆对自杀的否定，从直觉上看，也许是因为自杀解决不了问题。但是，除了直觉之外，是否还有更深层的信念在背后支撑？毛姆从高更的身上找到了答案。既然生命必有一个终结，那又何不顺其自然，在有限的时间中尽情发掘和享受生命的美好呢？

也有人以加缪批驳过的哲学自杀来逃避世界的荒诞和无

意义，而把得救之道寄托在并不存在的救世主那里，渴望来世与彼岸，以虚妄神秘的天国作为逃避荒诞的乐园，对自我理性有意地窒息与自残。第一次世界大战期间，毛姆曾携带助手避难于美国。遥望欧洲战场的屠杀和破坏，他企图为自己，也为现代人无处安放的灵魂寻求精神的避难所。在毛姆晚年的心灵告白中，他觉得战争不只是冷酷，还是一场生命的谎言和骗局。它打碎了“人们曾经以为是真实的一切”，使人们“从梦幻中醒来，开始反思到底真与假、善与恶之间有没有距离”。[①] 他没有像其他人那样转向宗教寻求解决疑惑的答案。毛姆在童年时代，便对基督教的虚伪深恶痛绝。他在长、短篇小说中大量佐证、揭露传教士的伪善和宗教对人性的束缚，甚至认为“人们信奉的各种宗教只是在一片难以深入的密林里开辟出来的一条死路”[②]。但是，没有宗教信仰的毛姆自述其在开罗近郊的一座荒芜的清真寺里，忽然有一种只有神秘论者描述灵魂出窍时的语言才能形容的如痴如醉感，就像耶稣会创始人伊纳提乌斯·罗耀拉坐在曼雷萨河边上所发生的情形那样。使他“只觉得有一种宇宙的神力将我压倒，而且有一种和宇宙融为一体的感觉。我简直可以说，我感觉到了上帝就在我面前”。[③] 他在那一刻感受到的上帝，

---

① 乔纳斯·K. W.：《萨默塞特·毛姆作品选》，新布伦思维克：卢特格斯大学出版社 1950 年版，第 168 页。

② ［英］萨默塞特·毛姆著，刘文荣译：《毛姆读书随笔》，上海：上海三联书店 2007 年版，第 48 页。

③ ［英］萨默塞特·毛姆著，刘文荣译：《毛姆读书随笔》，上海：上海三联书店 2007 年版，第 50 页。

并不是他小时候夜夜跪在地上祈祷天明就能治好他口吃的上帝。他产生这样的幻觉其实是与宇宙万物合二为一的体验，是体悟到宇宙生命力量的欣喜。这也是他探求到的得救之道，即现代人要摆脱存在的荒诞感和生存的空虚感，获得心灵永久平和安宁的唯一途径就是重塑对自我生命的肯定，把短促的人生融入宇宙人生的洪流之中，不断地完善自我，获得至超脱至安谧的绝对自由。追求人性的自我完善也因此成为毛姆审美理想的总特征。只有深入毛姆灵魂深处去关切他对死亡展开的哲学思索，才能读懂他作品的真正韵味，发现潜藏在“死亡文本”的字里行间所激荡着的如高更画作中的生命激情和内涵。

毛姆的短篇小说《疗养院》突出地反映了他通过直面死亡而展开的生命质询。他对重症病人面对死亡时的内心活动刻画得极其生动，发人深思。毛姆因自幼身患肺结核，需要不定时地去瑞士和法国等地的疗养院治病，使他有机会深入这一特殊群体，并发挥一个作家对生活细致观察的能力，记录每天都在死亡边缘挣扎的人对待死亡的态度。疗养院坐落在地远人偏的小山顶上，美丽且幽静。然而，在这看似平静清幽的环境里，却充斥着不安和焦虑的紧张气氛。病人们在惶惶惑惑不可终日的怖栗之中，看着身边的病友一个接一个悄然离世，不知死神的魔爪什么时候伸向自己。长期处于这种环境中的病人自然有着异于常人的体验。麦克廖和坎贝尔在与世隔绝的疗养院里生活了 17 年，他们互相看对方不顺眼，表面上看他们一直带着敌意，每天吵吵闹闹，实质是他们在用一种特殊的方式使自己忘却死亡的威胁。切斯特本是一个有着美满生活的普通人，因偶然感冒而患上严重的肺结核，病情并未因时间的推移而好转。随着离开疗养院的希望变得越来越渺茫，他的内心也发生着微妙的变化。他原本非常爱自己的妻子，但一想到自己已经病入膏肓，妻子却健康无恙，在他死后还能继续过衣食无忧的幸福日子，不禁心理上极度不平衡。他用恶毒的语言挖苦妻子，并不允许她来探视。切斯特被死亡意识所控制和支配，完全无法在逆境中找到安慰。毛姆记录这些病人因为受着死亡的威胁而呈现的千姿百态时，不禁哀叹道："这就是我们这个时代的悲剧，这个悲剧的造成就是由于这些人的灵魂在上帝面前失去了信仰。对上帝所抱的能带给他们幸福的起死回生的希望和欣慰统统都成了泡影。结果认为什么东西都无法改变他们现有的处境。"① 人们等待的拯救自己于危难的上帝永远都不会来了，难道他们甘愿从此束手就擒，被恐惧死亡的心理紧紧扼住喉舌吗？毛姆并没有在悲观论调中结束小说。他笔锋一转，着墨刻画出另一位鲜活的人物——坦普尔顿少校，他患病前曾纵情于声色犬马，尽情享受寻欢作乐的自由生活。他患病后也没有消沉，他不畏惧死亡，并乐意接受任何不测风云。这位风流幽默的浪荡子真心爱上了疗养院最美丽善良的姑娘毕肖普小姐，他不顾院长的警告，执意要出院与毕肖普结婚，这让他本来还有两三年的寿命缩短到最多六个月。与其了无生气地与疾病纠缠，不如在有生之年尽自己的意愿，活出生

① ［英］萨默塞特·毛姆著，冯亦代、傅涛涛等译：《毛姆短篇小说集》，北京：外国文学出版社 1983 年版，第 194 页。

命的精彩。这对恋人选择了后者。他们为了爱情，哪怕只有短短的几个月幸福时光，也愿意献出自己的生命。这一决定感动了疗养院里所有的病人，也改变了切斯特对生命的认识。他克服了对死亡的恐惧，与妻子重拾旧好。

整篇小说在对生命的歌颂和热切希望中结尾。毛姆把直面死亡看作是人类生命褪去一切无知、卑微、丑陋、焦虑和恐慌的表层之后获得的一次新生，它可以使人类重新评估和反省生命价值，积极透彻地探明生命的意义。存在主义心理学家马斯洛在心脏病复发的“劫后余生”的一封信中写道：“面对死亡又暂时从死亡中解脱，使世间一切事物显得如此珍贵，如此神圣，如此美丽。我现在比任何时候更强烈地热爱这一切，更渴望拥抱这一切，更情不可遏地要投身于这一切。死亡，及其突然降临的可能性，使我们更可能去爱、去热烈地爱。”① 同样，正是这种因为死亡而对生命产生的反思和热爱促使了高更在每一次与死亡擦肩而过后的创作高产。

《孟子·尽心篇》中曾说：“尽其心者，知其性也。知其性，则知天矣。存其心，养其性，所以事天也，夭寿不贰，修身以俟之，所以立命也。”孟子用简短的话语概括出一个哲理：人生的寿命，都有定数，或长或短，定数不二，均因天命，人们面对这种定数，无法变更，无所逃避，只有勇敢地面对它，通过每天的修身，以待生命责任的完成，这才是安身立命之道。毛姆似乎对这种完全顺应天命的人生态度并不

---

① ［法］艾玛纽埃尔·勒维纳斯著，余中先译：《上帝·死亡和时间》，北京：生活·读书·新知三联书店 1997 年版，第 65 页。

满足，他希望能像高更那样，在平静地面对天命定数的同时，还应积极主动地构建人生的意义，激发对生命的热爱。因此，毛姆在其他作品中刻画出许多创构生、建造生的人物，他们被死亡意识激起无限的生命热情，对存在于人身上的潜能进行深刻的挖掘，使自己摆脱虚假的生活状态，实现自我的重塑。菲利浦目睹了范妮·普赖斯、克朗肖和米尔德丽德等人的死亡，他也饱尝人间艰辛，历尽世态炎凉，在理想破灭之后，得出结论：生活就像一条波斯地毯，色彩斑斓，令人眼花缭乱，实质上却毫无意义。但是他却没有就此沉沦，而是省悟出人生的“真谛”，把对人生虚无的叹喟转化成对有限生命的热爱和执着，就此摒弃人生的无谓幻想，脚踏实地地做人和做事，他带着斯多噶派哲学家的人生体悟，在坚实、平静的生活中摆脱了困扰他前半生的精神枷锁。在《月亮和六便士》中，主人公思特克里兰德隐居南太平洋小岛作画。小岛上贫瘠、蛮荒的物质条件吞噬着他的健康。他患上无药可治的麻风病，双眼逐渐失明，全身慢慢腐烂，随着生命渐渐沉入死亡的地平线，他用尽最后的力气，凭借画笔和颜料，把内心世界令人目眩的天才杰作呈现在屋内的墙壁上。他用一对失明的眼睛望着墙上的作品，他看到的是他所理解的生活，那是自宇宙初创时，人类产生的对生命和大自然的颂歌。他对自己的命运从来没有抱怨，也从来不沮丧。直到生命最后一刻，他的心智一直是安详、恬静的。他不断地扬弃生存的物化状态，畅游在自己创建的精神世界里。他最终带着尊严和勇气，平静地面对死亡。弥留之际，思特克里兰德让土著妻子保证，在他死后，把整个屋子烧成灰烬。他像小岛上看淡生死的原始人，傲然地将死神踩在了脚底。

又如《面纱》中那个凯蒂，起初她是一个自私而又爱慕虚荣的女子，为担心自己变成一位老姑娘，她嫁给沉默寡言的瓦尔特医生，并随他远赴中国。不满于婚姻的无趣，凯蒂开始悄悄与令她芳心摇旌的香港助理布政司查理·唐生偷情。瓦尔特发现妻子的不忠后，孤注一掷，逼着凯蒂随他前往中国内地去平息一场正值流行的霍乱瘟疫。随夫赴任途中，凯蒂目睹了死亡像魔爪一般肆意掳走人的生命，联想到死神随时可能降临在自己身上，凯蒂心中充满了恐惧。在瓦尔特行医的修道院，那里的修女们将自己的安危置之度外，救治当地的瘟疫病人和孤女，凯蒂大为震动，死神虽然可以从世间轻易地收回生命，但无法阻止人顽强的生命意志。这些修女们博爱的献身精神使她意识到自己从前的人生是那么空虚、无意义。她加入修女们的行列中，希望从实实在在的工作中，救助别人也救助自己，走入她孜孜以求的神秘的精神花园的大门。不能原谅妻子的瓦尔特一直郁郁寡欢，最终因劳累过度，感染霍乱身亡。“所谓真生存，就是意识到生存自身的各种弊端和遮蔽，包括人性中的虚伪、残忍、阴暗而努力战胜之、消除之的过程，是对人生的一切现存状态的批判性审视和超越。”[①] 在这种内在主动的反省批判和自我超越中，凯蒂意识到一时犯下的愚蠢过失使她痛失世上最爱她的人。生命潜藏着无限的欲望，而爱欲是最大、最强烈、最持久的原欲。

---

① 张曙光：《生存哲学　走向本真的存在》，昆明：云南人民出版社 2001 年版，第 167 页。

丈夫的死唤起的是凯蒂对生命的无比热爱。她身体里复苏的爱欲本能使她回到伦敦，向唯一的亲人——父亲忏悔以往卑劣无情的行为，在获得老父的原谅后，她勇敢地承担起照顾父亲，抚养即将出生的小孩的责任，并怀着轻松乐观的心态走上迎接新生的道路，完成了自我的重塑，实现了自我的超越和提升。

作为对比，毛姆还塑造了大量被死亡意识击垮的人物，在经历生的虚无和痛苦时，他们或畏惧逃避，或自甘堕落，束手待毙，从未向内审视自身，实现自我的超越。毛姆毫不留情地把他们的结局写得丑恶凄凉，《蒙德拉哥勋爵》中，道貌岸然的勋爵本性卑劣和贪婪，他冷漠无情地把政敌打垮，却又害怕遭受报复，夜夜噩梦缠身。精神分裂症使他认不清自己是谁，也分不清现实和梦幻究竟哪个是真实的，他人成了自己的地狱。即使有心理医生帮他指出症结所在，他也拒绝向政敌道歉，放弃了以忏悔赎罪的方式解救自己的机会。在分裂的人格中，他饱受恐惧和痛苦的煎熬，最终卧轨自杀，以死获得解脱。

《赴宴之前》描写了一位婆罗洲的驻地长官哈罗德，因无法忍受长期在驻地的孤独与寂寞，借助酒精消除精神的空虚，他从未试图以积极的方式构建一个有意义的生活，却放任自己染上酗酒的恶习，一次又一次麻醉自己于濒死的边缘。对他绝望的妻子因爱生恨，在狂怒中将他砍死在醉梦中。《刀锋》中的索菲在一次车祸中，丈夫和孩子丧命，令她感到生命的意义就此终结了。她放任自己，一头钻进酗酒和淫乱的堕落泥坑，以作为对生命的报复。儿时的玩伴拉里希望通过和她结婚重建一个新的家庭，以此来拯救这个曾经爱写诗、爱幻想、羞涩而又善良的乡下姑娘。然而，伊莎贝尔从中捣乱，拉里和索菲的婚事化为泡影，索菲最后彻底堕落。她把自己淹没在酒精和毒品的麻醉之中不能自拔，最后被嫖客割断喉咙，赤身裸体地抛尸大海。《人生的枷锁》中更是出现了一系列灰色人物的悲剧命运。他们当中有的放弃生的希望，自寻死路，比如姿色平平的范妮·普赖斯，她经历了爱情幻灭，艺术探索之路受挫的双重打击，却不愿反省和接受自身性格的缺陷，在贫困饥饿中绝望自尽。也有坐等死亡解脱自己的落魄诗人克朗肖，其病入膏肓，到处散布生活漆黑一团的虚无论调，终日借酒浇愁。另外一类极端人物则是异常恐惧死亡，女主人公米尔德丽德，得知自己身患重病，不惜扯破体面的伪装，撒谎、欺骗、放浪形骸，以色相引诱菲利浦，仅仅为了换取治病的医药费，延续她平庸、毫无价值和意义的人生。又如菲利浦的伯父，他一生对基督教教义笃信不疑。作为虔诚的牧师，他曾给无数生命垂危的人带来宗教的安慰，许诺他们死后的天国，却在自己生命之灯快要熄灭之时，贪婪地伸出垂死之手，紧紧抱住尘世不放，自欺欺人地骗自己说还能活到一百岁。无论是消极求死解脱，还是畏惧死亡、逃避死亡，都是被死亡意识所击垮的精神表现。毛姆对这样的人物深感失望，他抱着哀其不幸，怒其不争的心态，对他们凄凉萧条的结局作了细微刻画，以此批驳缺乏生命勇气和超越精神的病态人格。

孔子言：“未知生，焉知死。”强调人不必过多关注死亡，而应该积极投入平凡的世俗生活中。比他晚两千多年出生的海德格尔却提出“未知死，焉知生”。提醒人们唯有认识到生命的终极意义才能找到自身的价值与出路。在信仰危机摇撼欧洲大陆时，人们在对人生—生死—存在的思考、探询和疑惑中，把人生虚无的体验转化为热烈的情感和对生活顽强的执着。毛姆在他的作品中倾注其对死亡的关注，并非因为他喜欢咀嚼痛苦与死亡，也并非因为他喜欢独辟蹊径，探索灰色痛苦的主题，而是要证明，在无法逃避的死亡面前，人们并非只能束手就擒，而是可以通过自己的行动挑战死亡，重塑生命的意义。“面对存在的荒诞，人唯有自己称义，神义已经破产。”① 在对死亡问题的思考过程中，毛姆和高更最终采取了相同的态度，既不漠视死亡，也不回避死亡，承认它为人的既定命运。在死亡面前将“在”的意义最大限度地发掘出来，通过对死的情感思索而发出“在”的光芒。正是这样一种在对死的悲哀意识中诞生的对生的自觉和对生命的无限热爱，使得毛姆把“拥抱世界”作为自己的座右铭，他 82 岁时还能环球旅行，88 岁还笔耕不辍；也正是这样的生命激情使得高更在双目失明、两腿红肿之后，仍然能躺在床上继续讨论他离不开的艺术。“塔希提组曲”系列作品是高更在生与死的对视中，用明艳的色彩寄托其对生命的眷恋热爱之情，把无垠宇宙的含义倾注在有限的画布和颜料中，在土著人金黄色的肌肤下涌动着的正是画家对苍凉人生所注入的勃勃的生命活力。

由此可见，当处于世纪之交的文化呈现出全面反思自身

---

① 刘小枫：《拯救与逍遥》，上海：华东师范大学出版社 2007 年版，第300 页。

的时代精神潮流时，毛姆没有被“一战”后笼罩在欧洲大陆上空的死亡阴影所击倒，没有被空虚、痛苦和迷茫推向虚无主义，也没有产生如卡夫卡、艾略特等同时代的其他作家的悲观论调，正是因为他和从原始文化中汲取精神养料的高更一样，超越了死亡意识，重塑了被人们亲手“杀死”的“上帝”。在面对世界的荒诞时，他们没有进行生理上的自杀或哲学上的“自杀”，而是始终努力地恢复世界的神性和生命的神圣，将人的生命提升到至高的境界，力求以诗意的存在使人保持对宇宙、对生命、对人和对真善美的信心，在人的生命与宇宙生命的浩然洪流中，共趋完美。他们让人类从异化、人欲横流里走出，在思索死亡与生命的意义时，替人类的共同理性承受了更多的负荷和苦难，使历史能从他们的痛苦思索中看到未来的影子。人们可以透过他们的小说和画作，感受到涌动其中的巨大生命热情，并看到死亡尽处那遥远彼岸散发出的一束光亮。

第四章　表现自我——毛姆文艺观中的高更因子

第一节　从模仿自然到表现自我

如果仅从主题、题材、人物这些方面入手探讨文学对绘画艺术的借鉴，就只能看到一种浅表可见的外在联系。文学与绘画艺术在审美理想方面的一致和共同的审美追求，才将两者的关系上升到一种深层的、融合的理论高度。

对客观世界的模仿可以说是各种艺术创作过程中共同的出发点，但文学和其他艺术审美理想的更高层次是追求“意在言外”和“意在象外”的境界，也就是追求“形似”之外的“神似”。中国的文学和绘画艺术一向注重表现和写意。从早期的“大音希声，大象无形”到后来的“超以象外，得其圜中”，中国古代艺术家把对意境和神韵的追求置于最高的位置。苏轼对此有十分精辟的论述：“论画以形似，见与儿童邻。赋诗必此诗，写知非诗人。”他把拘泥于写实和形似的诗画创作看成如孩提般稚嫩的初级阶段，只有追求形似之外的神似才是艺术的极致。相比而言，西方的艺术创作从“形似”到“神似”则走过了漫长的历程。

在西方美术史和文学史上，尽量逼真地再现自然一直是许多艺术家梦寐以求的目标。柏拉图认为艺术只是再现客观对象的媒体，这一论断只注重艺术的功能。在他看来，木匠制作的床只是对理念中的床的模仿，而画家模仿人使用的床所画的床，只是从某一角度看到的床的外形，只能算是与真实理念中的床隔了三层的摹本。亚里士多德反驳了老师关于艺术只抄袭自然的外形的理论，艺术所模仿的绝不是如柏拉图所说的只是现实世界的外形，而是现实世界所具有的必然性和普遍性。他放弃了柏拉图的“理式”，肯定了现实世界的真实性，因而也就肯定了模仿它的艺术的真实性。他在《诗学》中总结出“照事物的应当有的样子去模仿”是最好的模仿方法。[①] 受到亚里士多德的这一理论影响，从古希腊开始，作家、画家和思想家们都把“真实地再现自然”视为创作的金科玉律。

到文艺复兴时期，艺术家们依然坚持“艺术模仿自然”这个传统的现实主义观点。在当时自然科学取得了进一步发展，人们认识世界的方法又有了提高的情况下，他们对这句老口号有了新的体会。他们不再像柏拉图和过去的人文主义者将文艺看作隐藏的“障面纱”，而是将文艺比作反映现实的镜子，画家达·芬奇在他的《画论》中说：“画家的心应该像一面镜子，经常把所反映事物的色彩摄进来，面前摆着

---

① 伍蠡甫、胡经之主编：《西方文艺理论名著选编》（上册），北京：北京大学出版2004年版，第89页。

多少事物，就摄取多少形象。”① 文艺复兴时期发现的透视规律和光的明暗关系，为在绘画中逼真地模拟客观物象提供了新的科学手段，再现艺术理论得到了新的发展。在这种艺术创作和理论的气氛中，人们已经形成一种固定的文化模式和艺术心理定式，即认为绘画就是要逼真地再现客观事物或再现圣母等宗教故事，如果作品中的形象没有再现出人们心理预期的形象，那就要受到谴责。无论是莱奥纳多有意让物体的边缘模糊，还是卡拉瓦乔着力强化光影的对比；无论像丢勒那样采用精谨细密的刻画，还是追求委拉斯贵支生动放松的笔法，画家们希望达到的目的只有一个——真实。西方绘画艺术的逼真效果曾使得中国清代画家邹一桂作出如下评论：“西洋人善勾股法，故其绘画于阴阳远近，不差锱黍，所画人物，屋树，皆有日影。其所用颜色与笔，与中华绝异。布影由阔而狭，以三角量之。画宫室于墙壁，令人几欲走进。学者能参用一二，亦具醒法。但笔法全无，虽工亦匠，故不入画品。”② 邹一桂指责西洋画笔法全无，虽工亦匠，固然是一种成见，却道出了西洋绘画中由于使用几何透视、光影透视和空气透视法而达到对自然惟妙惟肖的模仿。

在文学创作领域，从亚里士多德到布瓦洛，都提出一个原则，即一部作品应该以真实为基础，他们把追求如实反映客观世界作为孜孜以求的目标。模仿再现理论影响力如此之

① 伍蠡甫、胡经之主编：《西方文艺理论名著选编》（上册），北京：北京大学出版社 2004 年版，第 160 页。

② 宗白华：《艺境》，北京：北京大学出版社 1987 年版，第 136 页。

大，不是因为它自身的合理性所致，而是那些把这个理论当回事的人们不断加工改造使其与其他的理论相互包容的结果。[①] 从古希腊艺术到古典主义，再到18世纪新古典主义复兴，再发展为自然主义，再现理论像"三一律"对戏剧家的限制一样，视自然为一切，给小说家制定了许多要遵守的条规。左拉在谈到自然主义时提到："小说家不得插手对现实进行增删，他也不服从一个事先构思好的观念的需要来制造用以构筑一个屋架的种种部件。小说家必须按本来的面目去接受自然，既不对它作任何改变，也不对它作任何缩减；对于以它本身来提供一个开端、一个中段和一个结尾来说，它已是足够优美、足够宏伟了。我们无须去想象一段惊险故事，把它复杂化，以戏剧手段来一场接一场地进行安排，把它引向一个最终的结局；我们只需在现实生活中取出一个人或一群人的故事，忠实地记载这个人或这群人的行为即可。"[②] 巴尔扎克、雨果、莫泊桑等作家即自然主义作家的代表。而这三位艺术家对毛姆早年的文学创作曾产生过极大的影响。

模仿再现理论到19世纪首次面临人们的质疑。伴随着法国大革命席卷欧洲的是千百年来的传统观念和对权威的迷信被打破，思想获得解放，个性得到尊重。在新的时代里，艺术观念得以更新改变。艺术家们开始关注过去很少谈论的风格问题，并有意识地去追求不同的风格样式。过去艺术描绘

---

① ［英］奥斯本著，王柯平等译：《鉴赏的艺术》，成都：四川人民出版社2006年版，第163页。

② 伍蠡甫、胡经之主编：《西方文艺理论名著选编》（中册），北京：北京大学出版社2004年版，第198页。

的内容题材局限于宗教故事、古代神话，或是风俗、肖像之类。19 世纪的艺术家开始把所有能够激发想象或引起兴趣的事情作为描绘对象。1874 年，以“画家、艺术家、雕塑家、雕刻家的无名协会”之名在巴黎举办的一次集体展览中，莫奈的一幅名为“日出印象”的油画遭到评论者的嘲笑，他们讥讽地把这次展览称为“印象主义画家的展览会”，印象派也由此而得名。诞生于这一时期的印象派成为西方艺术划时代的里程碑。首先，他们一改以往在画室内作画的传统做法，而主张画家走出画室，亲自来到大自然中写生，感受自然界真切的光和影的变化。在三棱镜发明的科学基础上，发现了光与色的分析和分布原理，这就推动印象派对外光与色彩的相互作用进行探索。他们运用条件色的观察方法，不是孤立地、局部地观察物象，而是全面地、比较地观察物象的色彩关系，从而探索出不同的光影所构成的复杂多样的光与色彩的变化。其次，印象派画家摒弃历代画家尊为圣旨的以宗教和神话题材为作品主题，而以当代人物、当代风光和当代生活的表现为主旨，因此，在色彩运用上他们彻底抛弃了自伦勃朗以来以棕色为基调的画风。印象派在欧洲艺术领域，特别是在法国画坛，掀起了一股巨大的狂潮，它影响到文学、诗歌、戏剧、雕塑、建筑、音乐、舞蹈等多个艺术领域，对保守派、官学派、古典主义、宫廷画派以及十五六世纪以来因袭传统的各种保守画派，进行了一场艺术领域的革新运动，惟妙惟肖地再现自然在印象派画家那里受到挑战。

然而，真正把模仿再现理论从神坛上拉下来的则是印象派之后的后印象派画家。虽然印象派反对把画家看作是站在远处随意观看一处景色的旁观者，犹如照相机一般，毫无鉴别、毫无取舍地记录下眼睛所看到的一切，也反对叙事性的绘画等写实主义的创作理念，但是它实质上开创了“新写实主义”。印象派的风格趋势是摒弃轮廓线，代之以变化的光线和色彩来构图绘影。画家对事物和绘画对象全无兴趣，只求真实地记录下自己的视觉印象。“对印象派来说”，作家格罗赛指出，“他们笔下的世界实际上是各自的眼睛里所感觉到的世界”。[①] 而印象派画家就是忠实地再现视觉的感觉效果。对于后印象派画家高更和凡·高来说，他们笔下的世界是各自的心灵所感觉到的世界。任何看过凡·高的名作《群鸦乱舞的麦田》的观众，都能感觉到画家寄寓在扭曲的线条下和狂躁的黄色中的痛苦的内心世界，而高更的红色和金色则孕育着他热爱生命的无比激情。推动艺术从真实再现客观世界的理论中脱离的一个巨大动力，来自另一个可以说是最深刻的信念，它将自己的独特个性融进了20世纪的美学观念。这个信念认为，艺术家的本质功能——失去了该功能他就称不上艺术家——不是模仿，亦非教导或取悦观众，而是表现——表现艺术家在认识这个世界的过程中产生的情感和感觉。

高更明确地提出将艺术视作表现个人情感和感觉的符号。这个世界不仅包括艺术家的个人修养、知识背景和生活阅历等，还包括艺术家的审美趣味、政治立场以及当时的社会规范等，但最为重要的是它涉及艺术家在进行艺术创作时的心

---

① [英] 奥斯本著，王柯平等译：《鉴赏的艺术》，成都：四川人民出版社2006年版，第175页。

理活动或思想感情。就像艺术理论家贡布里希的名言：“绘画是一种活动，所以艺术家的倾向是看他要画的东西，而不是画他所看到的东西。”[①] 高更早期对印象派画作非常着迷，收藏了莫奈、毕沙罗、雷诺阿和其他印象派画家的作品，并且还师从毕沙罗。他忠实地遵照毕沙罗的指导，像当时所有的印象派画家那样，到户外去捕捉光与影、空气与风的瞬间印象。7 年后，高更仍然只是巴黎画室中众多二流画家的一员，尽管他也在印象派沙龙里展出过好几幅自己的画作，但是踌躇满志的高更对观众冷淡的态度深感失望。一位名叫休·伊曼斯的批评家坦率地指出，高更画作中有着过多毕沙罗的风格，并且直接称它们为“毕沙罗绘作的复制品”[②]。高更从这些挫折中逐渐意识到印象派的不足之处就在于印象派画家总是试图以科学的态度描绘自然，自然不再是哺育人类的母亲，而变成一系列泥土、空气和阳光的化学公式。高更开始探索一种全新的艺术，一种简单而原始的方法，通过艺术家自由的想象以发掘个人的意义。这种艺术也是一种瞬间的视觉感受，但是它形成的图像应该表现的是艺术家的精神状态而不仅仅是物理图像。他在一封信中问道：“为什么我们不能创作出与我灵魂相对应的各种和谐呢?”[③] 1888 年，高更离开了巴

---

① ［英］E. H. 贡布里希著，林夕、李本正、范景中译：《艺术与错觉：图画再现的心理学研究》，长沙：湖南科学技术出版社 1999 年版，第 101 页。

② ［法］勒内·于纳格著，孙丽荣、孔凡平译：《高傲的野蛮人——论更高的艺术》，沈阳：辽宁美术出版社 1993 年版，第 138 页。

③ Wasiutynski, Vojtech Jirat. *Technique and Meaning in the Paintings of Paul Gauguin*. Cambridge: Cambridge University Press, 2000, p. 199.

黎来到阿旺桥，正式与印象派决裂。他认为当画家置身于自然中间时，真正的艺术应该是来源于画家丰富的想象之中，而不应该是对自然的完全模仿。他强调：“我的坚强在于我从来不为别人改变方向，我画的是我内心所有。”① 画家只有在感觉到自由且激情澎湃的时候才会作画，这时，胸中的激情正迫不及待地等着画家用最简单的方式把它们展现到画布上去。高更慢慢摆脱了早年印象派对他的影响，鲜艳的色彩和简朴的风格反映了他试图返璞归真的强烈愿望。正是他在塔希堤岛上的绘画奠定了他作为后印象时期的绘画大师的坚固地位。高更的一位好友，奥古斯特·斯特伯格在信中曾如此描绘高更叛逆的性格和审美视角：“不，高更不是马奈，也不是毕沙罗，那他是谁呢？他是高更，是憎恨文明的野人。他喜欢制造麻烦，他宁愿看到的天空是红色的而不是蓝色的。”② 高更只在面前的画布上表现自己对生命的强烈热爱，只画他所看到的、感受到的东西。他甘愿承受离经叛道的后果，因为他知道，“任何革命往往需要殉道者——而我的作品往往被看成是刹那的和绘画性的效果，比不上终极的成果。但绘画从此摆脱了所有桎梏，摆脱美术学院，尤其是平庸之辈编造而来的可耻谎言而获得了自由”。③

---

① ［法］保罗·高更著，［法］莫里斯·马兰格编，闵希文译：《高更给妻子和友人的信》，北京：东方出版社2001年版，第185页。

② Fletcher, John Gould. *Paul Gauguin: His Life and Art*. New York: Nicholas L. Brown, 1921, p. 142.

③ ［法］保罗·高更著，［法］莫里斯·马兰格编，闵希文译：《高更给妻子和友人的信》，北京：东方出版社2001年版，第247页。

第二节　毛姆的表现主义宣言

从绘画界兴起的表现论革新，迅速波及包括文学在内的各个艺术领域。作家越来越关注自己对外部世界的感觉体验，并同时在创作中超越对客观世界写实式的记录。青年作家毛姆正处于这样一个新旧文艺观念交锋的时期。他在调查高更的绘画生涯时，从高更的生前友人欧科纳和高更本人遗留的信件手稿中，掌握了关于画家的艺术审美观的大量的一手资料。他被高更无畏的艺术精神所深深吸引，其艺术审美观也在画家潜移默化的影响中发生了极大的转变。在《人生的枷锁》一书中他记录了这种转变。这本小说是毛姆的自传型小说，菲利浦在巴黎学画的经历植根于毛姆早年游学法国的经历。正是在巴黎的大半年，毛姆得知高更其人并学到与绘画相关的很多知识。毛姆对绘画作品的鉴赏从原来崇拜诸如瓦萨里和高里季奥之类的学院派画家到了解印象派画家，最后到痴迷于后印象派的高更。他越是对绘画深入了解，就越是意识到印象派画家的不足，“一个出色的画像，有两个主要的描绘对象：人及其心灵的意愿。印象派沉湎于其他方面，尽管他们笔下的人物，有形有色，令人赞叹，但他们都像 18 世纪英国肖像画家那样，很少费心去考虑人物心灵的意愿”。①

---

① ［英］萨默塞特·毛姆著，张柏然、张增建、倪俊译：《人生的枷锁》，南京：江苏人民出版社 1983 年版，第 287 页。

由此他获得了新的启示：“最伟大的肖像画家，不仅勾勒人物的外貌，而且也描绘出人物心灵的意愿。只有二流画家，才局限于刻画人物的外貌。幽谷中的百合花，即使没有香味，也是讨人喜欢的；可是如果还能散发出阵阵芳香，那就更加迷人了。”① 百合花的芳香即指画家个人的情感和特质，这才是使一幅作品独具魅力的关键。后印象派画家高更正是这一类艺术家，他视画笔、画布和颜料为表达自己的媒介，将个人独特的精神岁月和感情彰显在作品之中。毛姆从高更的审美观中看到艺术已经不再仅仅是忠实地再现自然，作为一种人类活动，艺术应该借助外在的符号表现艺术家内在的情感，并将自己的种种感受传达给他人，使其他人受到感染，产生共鸣。他还进一步总结道：“搞创作的人之所以创作是迫于内心的强烈欲望，他们往往只是表现自己的个性。他们各自用得心应手的手段，如用笔、颜料或者用黏土进行创作，其目的是要使自己从灵魂的重压中解脱出来。”② 他对艺术的看法与高更的艺术理念如出一辙。高更同样多次强调：“一个人的作品，就是一个人的表白，一种内心世界的外在表现。如果艺术家完全失去了他们的野性，不再存在本能，或者说不再存有想象，他们就会迷失在寻找他们无力去创造的东

---

① ［英］萨默塞特·毛姆著，张柏然、张增建、倪俊译：《人生的枷锁》，南京：江苏人民出版社1983年版，第288页。

② ［英］萨默塞特·毛姆著，刘文荣译：《毛姆读书随笔》，上海：上海三联书店2007年版，第57页。

西上。”①

中国唐代画家张璪用八个字“外师造化，中得心源”来概括文学和其他艺术创作遵循的一个共同原则。所谓“外师造化”，就是向外在世界学习，从自然和现实中汲取创作素材和灵感，从生活中寻找创作动机和思路。所谓“中得心源”，就是要把创作者个人的心声和独特的思想、个性融入创作之中。这个过程就是把从客观获得的素材和灵感通过主观极富个性的艺术创造变成独特的艺术品的过程。文学与绘画最终在主观的“情”的轨迹上交汇，毛姆无疑是赞同这种观点的。在另一部涉及大量绘画理念的小说——《月亮和六便士》中，毛姆通过两个人物的比较更进一步明确了他的艺术审美观。这一比较具体体现在代表两种不同艺术观的思特克里兰德和施特略夫身上。施特略夫认为每个艺术家应该使个人的才能和情感与先辈创作的艺术作品相和谐，艺术家得在传统的范围内绘画，并且艺术家满足自我表现的欲望是为了传达将过去和现在的所有艺术联结在一起的真理。每位艺术家创作时，起初都是发自自己的情感和思想，但很快就会在把主观概念转换成客观实在的过程中，进行不断的自我牺牲，逐渐让自己的个性消失，直至达到自我与传统的统一。

这种在艺术创作中让个性消失的观点与思特克里兰德的艺术观截然相反。他们两人都赞成伟大的艺术需要不断的自我牺牲，但是对于屈从的对象他们俩却持不同观点。而毛姆

① ［法］保罗·高更著，［法］莫里斯·马兰格编，闵希文译：《高更给妻子和友人的信》，北京：东方出版社 2001 年版，第 281 页。

却给予了思特克里兰德的艺术观肯定的态度。这一立场正是出于他自己在欧科纳的画室中受到高更影响而形成的艺术观。

在《月亮和六便士》这本以高更为原型的小说中，很难说清思特克里兰德的性格有多少是来源于高更。但是，从作者对思特克里兰德的描绘中，读者不难发现思特克里兰德的自我牺牲行为与高更的自我牺牲有着惊人的相似之处，它们都是完全来自于内部的动力——那些深深根植于心的创作冲动，而不是屈从于一些外部力量，比如权威或传统的愿望。因此，毛姆借文章叙述者之口，向读者解释这两种不同的自我牺牲：一种是屈从于传统绘画规则的声音，而另一种则是聆听艺术家自己灵魂的声音。在内部与外部力量冲突之中，艺术家必须作出选择，将自己的才华屈从于哪一个力量——忠实地再现客观世界的传统观念或是个人情感的表现。思特克里兰德选择了后者，他在艺术创作过程中努力想保持主观感觉，而不愿意屈从于忠实地模仿客观现实。正如文章叙述者对他的艺术所作出的评论：“我所感受到的是一种努力想表达自己灵魂的强烈愿望。他难以抑制想表达自己的冲动。而且他的创作也仅仅是基于这唯一的目的。现实对于他来说一钱不值，在这些毫不相关的现实背后，他寻找着只对他自己重要的东西。”①

然而，在现实社会中，一个艺术家的作品一旦创作完成就立刻成为独立于艺术家原来情感的客观存在，而不得不接

---

① ［英］萨默塞特·毛姆著，傅惟慈译：《月亮和六便士》，上海：上海译文出版社 2003 年版，第 111 页。

受大众的阐释和批评。思特克里兰德追求艺术自由的欲望使得他超越了社会的限制，并摆脱了传统的束缚，最终满足了自己的艺术创作愿望。《月亮和六便士》的叙述者如此说道："我认为一件艺术品吸引我是因为创作它的艺术家有个性，如果他有鲜明的个性，那么我愿意原谅他犯的所有错误。"① 叙述者暗示思特克里兰德的艺术成就来源于他鲜明的个性。因为"即使是思特克里兰德最不起眼的画作也给人们展示了他奇特、复杂且饱受折磨的个性"②。思特克里兰德强烈地反对传统的审美观点，同时还主张艺术家的个性以及艺术家与其作品之间的主观联系，才是评价一件作品好坏的主要因素。

思特克里兰德代表着高更那一类的艺术家，他们把艺术作为自己个人情感的表达，对于他而言，"所有的艺术创作冲动都源于个人的感觉和思维，艺术家解放自己情感约束的努力成为创作艺术品的目的，这一过程就像情感的升华"。③ 因而艺术并不是创作出来供人们欣赏的，思特克里兰德的艺术观是完全基于自我表达的基础之上。思特克里兰德和高更一样有着相同的自我实现过程。

19 世纪 80 年代末期，印象派与同时期的其他流派比起来，显得过于自然主义。一些评论家认为它太消极、太女性

---

① ［英］萨默塞特·毛姆著，傅惟慈译：《月亮和六便士》，上海：上海译文出版社 2003 年版，第 2 页。

② ［英］萨默塞特·毛姆著，傅惟慈译：《月亮和六便士》，上海：上海译文出版社 2003 年版，第 3 页。

③ Casey, John. *Art and Feeling—The Language of Criticism.* London: Methuen Co. Ltd., 1966, p. 37.

化，仅仅是大自然的感官记录工具，完全没有自己的艺术主见。[①] 为了把印象派从这一危机中拯救出来，修拉发展出新印象主义，采用点画法和分割技法，以求使表现形象之间达到和谐统一。出乎意料的是高更强烈反对修拉把现代科学和理性的规则形象运用到绘画之中，他主张艺术要基于艺术家发掘个人意义之上，并且要用一种简单、原始的表现方法。在写给一个评论家朋友的信中，高更说道：“我要用最简朴的风格把我的梦想展现在画布上。”[②] 他的作品与几百年来的传统非常不同，传统的作品构思完全是理性思维的结果，而他的画作却探索心灵深处最隐秘的地方，仿佛是在寻找一个深邃而难以言说的真理。当他绘画时，与其说是在思考，还不如说是在梦游。思特克里兰德和高更洞悉到了各自内心深处最真实的自己，而且凭借想象运用最富激情的表现手法予以呈现。

更有甚者，思特克里兰德还大胆反对以观念或社会群体的反应来作为评判一件艺术作品好坏的准则。于他而言，一件艺术品不应该是艺术家为了取悦观众而创作的。“艺术家不应该仅仅为了娱乐众人。”在思特克里兰德的创作历程中，他所表达的情感完全漠视别人对其作品的阐释，并拒绝向众人解释作品中个人情感的来源。因而当小说叙述者提议为他举办一次个人画展时，他尖刻地讽刺道：“幼稚啊，你怎么不多

---

① Wasiutynski, Vojtech Jirat. *Technique and Meaning in the Paintings of Paul Gauguin*. Cambridge: Cambridge University Press, 2000, p. 199.

② ［法］勒内·于纳格著，孙丽荣、孔凡平译：《高傲的野蛮人——论高更的艺术》，沈阳：辽宁美术出版社 1993 年版，第 364 页。

关心关心艺术家的个人想法，反而在意观众的看法?”① 正因为他完全无视观众的反应，所以他的艺术生涯总是被饥饿、疾病和贫困所缠绕。可怜的思特克里兰德最终也和高更一样，悲惨地死去。他们创作的先锋艺术超出了普通人的理解力，都为拒绝媚俗的态度付出了高昂的代价。

施特略夫是毛姆该小说中的另一个人物，他的艺术观正好与思特克里兰德相反：他在创作时头脑中总是考虑着观众的反应。他的那套理论正是思特克里兰德所厌恶和轻视的。在施特略夫的笔下，艺术成了大众消费的产物：“我可不是米开朗琪罗，但我的画却十分畅销。我把浪漫带进了千家万户……他们以为我的画就是意大利的权威，这也正是他们所期待的。”② 通过施特略夫所说的话，可以看出，他主张个性与主观情感应该屈从于传统和权威的力量。他认为一个艺术家的艺术成就越高，就越会独立于自己的个人情感之外。可以说，施特略夫是一个毫无个性可言的画家。

叙述者对施特略夫平庸俗气的画作了以下的描述：“他颇谙先辈艺术家之道，他并不像其他人那样对其他艺术形式一无所知。而且他对音乐和文学的口味为他的画增加了深度和力度。”③ 但是，尽管他由衷地热爱艺术，“施特略夫却遵循

① ［英］萨默塞特·毛姆著，傅惟慈译：《月亮和六便士》，上海：上海译文出版社 2003 年版，第 133 页。

② ［英］萨默塞特·毛姆著，傅惟慈译：《月亮和六便士》，上海：上海译文出版社 2003 年版，第 112 页。

③ ［英］萨默塞特·毛姆著，傅惟慈译：《月亮和六便士》，上海：上海译文出版社 2003 年版，第 114 页。

罗马几百年来陈旧的绘画风格。他的画虚伪而低劣”。[①] 虽然他的周围不乏颇具天赋的艺术家，而且他的家中四面墙上挂满了先辈艺术家的巨作，“他仍然无法领会到艺术的真谛”，[②] 也永远不会明白“美是艺术家们在经历了灵魂的一番折磨后，从这个纷乱繁杂的世界中找寻出来的真理”。[③] 施特略夫缺乏思特克里兰德的天赋，也缺乏自己的个性，换言之，谁都可以画出他那样的画。作为一个艺术家，他没能在自己的画中展现自己的个性，因为他的创作目的是激起观众的某种特定的反应，而不是表达自己的内心。毛姆假借小说叙述者之口说出了他对施特略夫的作品的厌恶之情。“这些画构思严谨，绘作仔细，也许把它们称为照片再恰当不过了。难怪美第奇家族的画家会称他为巧克力包装纸的设计师。”[④] 从某种程度上看，毛姆对施特略夫的嘲讽评论正是对思特克里兰德和高更的肯定。

在对施特略夫和思特克里兰德的创作目的的对比中，毛姆凸显了两人不同的审美理念：作为观众欣赏对象的艺术和宣泄个人情感历程的艺术。思特克里兰德追寻的是创作时的自由与独立，他超越了历史和社会的束缚，并且始终坚信在

---

① ［英］萨默塞特·毛姆著，傅惟慈译：《月亮和六便士》，上海：上海译文出版社 2003 年版，第 119 页。

② ［英］萨默塞特·毛姆著，傅惟慈译：《月亮和六便士》，上海：上海译文出版社 2003 年版，第 112 页。

③ ［英］萨默塞特·毛姆著，傅惟慈译：《月亮和六便士》，上海：上海译文出版社 2003 年版，第 123 页。

④ ［英］萨默塞特·毛姆著，傅惟慈译：《月亮和六便士》，上海：上海译文出版社 2003 年版，第 110 页。

画布上展现自己的天赋和激情才是艺术创作的终极目标。“他艰难地创作，由于他不愿意接受任何人的帮助，所以他花了很多时间才摸索出一些前人早已解决了的问题。”① 思特克里兰德拒绝为他的画进行任何说明，他的画仅仅是满足自己审美冲动的结果。在这一点上，施特略夫则相反，他把艺术作为与观众沟通的途径，并且认为艺术是现在与过去之间联结的桥梁，它能把过去的传统与价值观延续到现在。思特克里兰德是否在主观创作过程中真正完全地摆脱了传统的影响和束缚，这是小说的中心问题。但是正如叙述者可以因为思特克里兰德在他的画作中展现了自己独特的个性而原谅他所犯下的所有错误，读者也正是因为这个原因而对《月亮和六便士》爱不释手。通过思特克里兰德这个人物的塑造，毛姆暗示了自己对高更这一类画家的认同，因为高更和思特克里兰德都是敢于向传统挑战的画家，他们只在画布上展现自己对生命、自由和美的激情。如果高更自始至终都追寻毕沙罗或其他印象派画家，他将永远无法在画坛与这些前辈争得自己的一席之地，甚至都不及施特略夫。通过对比这两种持截然不同的艺术观的画家，毛姆完成了他的表现主义宣言。

每位艺术家之间的能力只有很细微的差别，他们的创作风格都或多或少包含了对前辈的模仿和重复。尽管他们都曾遵循传统，但是他们却通过各自敏锐的洞察力、灵巧的双手以及自己独特的个人风格摆脱了前人的影响，从而使自己与

---

① ［英］萨默塞特·毛姆著，傅惟慈译：《月亮和六便士》，上海：上海译文出版社 2003 年版，第 132 页。

众不同。从以上这两个人物的对比分析中可以得出结论：高更和毛姆持有相同的审美观念，毛姆通过在小说中对思特克里兰德和施特略夫进行对比，表达了高更同时也是他自己的艺术观——用艺术形象表达人的遐思，用符号暗示创作者的内心感受，使艺术的境界扩展到人的内心。

第三节　表现主义手法的尝试

受到高更这种艺术审美观的影响，毛姆在小说创作中也打破以往写作时自然主义和现实主义的局限，不再把小说看作是单纯地记录故事、忠实地再现事件原貌。正如高更有意简化色彩与线条，并凭借融化在其中的内在力量努力表达个人的情感，毛姆则竭力探索把自己的思想通过感觉的形式表现出来的个人语言。他开始自觉或不自觉地吸取表现主义的技巧，融合到传统的写实手法当中，以追求“意在象外”和“意在言外”的神韵境界。他开始注重写意、象征、隐喻之类的文外之旨来加强作品的艺术效果，最突出的就是象征的使用。正如法国诗人马拉美在《答朱尔·于雷的调查》一文中强调的：“不必再忠实于外部的世界，因为宇宙间充满着‘象征’。象征是无法用普通语言表达的，只能神秘地暗示。暗示一个物体那就是最美妙。”[①] 奥里耶曾在评论高更画作的

---

① 朱伯雄：《玫瑰与十字架的象征》，上海：上海书店出版社 2005 年版，第 187 页。

文章中断定艺术作品“是把具有不同价值的某种精神实质翻译成特殊的与自然的语言，它至少是艺术家精神世界的片断，而在他的最好的体现中则表现了他把精神实质与所描绘的事物结合在一起的整个精神世界。所以完美的艺术作品应是新的创造；它可能被称为绝对的有生命的东西，因为它具有使作品活跃起来的灵魂，它实际上是两种灵魂，即艺术家的灵魂与被描绘事物的灵魂的综合”①。

从上述分析可见，象征是揭示人内心世界的秘密武器，而高更早已对这一武器的使用驾轻就熟。他用饱含象征意味的浓烈色彩、抽象线条和符号表达呈现于脑海中的图景，使得简单的笔触涵盖了广泛的意义。毛姆一直希望在作品的科学观察、精细描绘、客观写实的表层后寄寓自己复杂的情感，以及对现代功利社会的猛烈批判和深邃的人生哲理、人生思索。一向惜墨如金的毛姆随着艺术审美观的改变，也开始探索起象征性语言的使用。他首先从小说标题入手。毛姆早期的小说多采用明确文章描述对象的平实标题，比如《兰贝斯的丽莎》和《克雷杜克夫人》。为了让小说标题承载更多超越字面的信息，毛姆在中后期的小说中采用了大量具有浓郁的象征色彩的标题。例如，他用“面纱”比喻笼罩在生活和人性之上的那层浮华外表，只有撩开这层华丽的面纱才能洞察到生活和人性的真实本质；《人生的枷锁》的标题暗示了教育制度、宗教信仰、爱情婚姻和事业等人生各个方面无不

① ［美］约翰·雷华德著，平野、李家璧译：《后印象派绘画史》，桂林：广西师范大学出版社 2002 年版，第 692 页。

是人类的枷锁，若想获得精神上的解脱和自由，只有一一挣脱这些桎梏；《刀锋》的标题取义于印度迦托《奥义书》，比喻洞悉存在的意义与人世的真理像通过刀锋一样艰辛，暗示了获得得救之道、从无意义的生活中解脱的艰难；《月亮和六便士》更是把理想和美比喻为可望而不可即、高高在上的月亮，人世间的物质需求、世俗情缘就像地上俯拾即是的六便士，总有人会不顾脚下的六便士，而梦想着能羽化登仙摘得天上的月亮；《蚂蚁和蚱蜢》的标题被毛姆恶作剧般一反传统的道德含义，表现了颠倒的价值观——像蚂蚁一样踏实肯干、吃苦耐劳的人陷入了困顿拮据，而游手好闲、华而不实者反倒发家暴富。除此之外，毛姆还使用局部象征和整体象征的表现手法叙述故事。

局部象征主要是渲染气氛，将自己那种剪不断、理还乱的思绪具体化，并与自然相合为一，达到物我交融的境界。如小说《雨》中毛姆前后共有十次提到岛上的大雨，并随着故事情节从开端到高潮的演进，戏剧冲突越来越激烈，雨势也越来越凶猛。作者用赤道地区倾泻如瀑的大雨来象征人们精神错乱和信仰的堕落已经到了无法控制的地步，用热带的暑气来渲染令人窒息的道德气氛。

雨水不是倾盆而下倒像是决了堤似的。这好似洪水自天而降，打在那个瓦楞铁皮屋顶上一无间息，使人达到疯狂的程度。看来雨水也会狂怒。有时使你感到如果它再不停息，你会尖声叫喊起来。然后，你又突然觉得无能为力，好像你全身的骨头都酥软了，只有苦恼和绝望。[①]

屋外，无情的雨点落个不住，沉重地敲打着，带着一种人世间全部残酷的狠毒。[②]

大雨仍是残酷地一个劲儿下个不停。你感到九天之水全已枯竭，但却还在下注，滂沱倾泻，在铁皮屋顶上疯狂地周而复始，永无了日。[③]

自然界的雨与作者自我感觉到的旧道德、宗教的压抑交相融合，便成了一种抽象感觉的象征物。"雨"不仅仅是大自然的造物，而且成了作者心中讨厌的、虚伪的道德教条。毛姆使用的另一个显著的局部象征，是将远离西方文明世界的南太平洋小岛暗喻为人类的伊甸乐园。在几部以南海为背景的长、短篇小说中，惜墨如金的毛姆却多次重彩描述当地的旖旎景色：

椰树林顺着陡峭的山坡迤逦而下，一直延伸到海滨，海水在夕阳余晖映照下呈现出鸽子胸脯一样变幻莫测的柔和色彩。二十英里以外，则是那个名叫莫里亚的仙境般的岛屿，虚无缥缈，宛如诗人驰骋的幻想编织的一块锦缎。（《爱德

① ［英］萨默塞特·毛姆著，冯亦代、傅涛涛等译：《毛姆短篇小说集》，北京：外国文学出版社1983年版，第29页。

② ［英］萨默塞特·毛姆著，冯亦代、傅涛涛等译：《毛姆短篇小说集》，北京：外国文学出版社1983年版，第46页。

③ ［英］萨默塞特·毛姆著，冯亦代、傅涛涛等译：《毛姆短篇小说集》，北京：外国文学出版社1983年版，第51页。

华·巴纳尔德的堕落》)

哎呀，我真希望我能把那迷惑人的地方描摹给你们听。与人寰隔绝的一个幽僻的角落，头顶上是蔚蓝的天空，四围一片郁郁苍苍的树木。那里是观赏不尽的色彩，芬芳馥郁的香气，荫翳凉爽的空气。这个人世乐园是无法用言语形容的。(《月亮和六便士》)

20世纪初的南太平洋还是蛮荒落后的未开发之地，塔希堤岛更是一个人迹罕至的荒岛，岛上部落土人的生活与大自然和谐一体，充满了蒙昧时代的活力与生气。但在毛姆的笔下却幻化成如人间仙境的乐园，他用郁郁葱葱的热带荒岛象征人类倍遭摧残、拘囿的生命活力和自由天性，用混沌蒙昧的土人部落生活象征摆脱社会拘禁与压抑的自由自在的未来人类的理想生活，这种乌托邦式的社会与技术时代由功利主义、理性原则主宰人的命运的现代社会遥遥相对，传达出毛姆对人的异化现象的沉重忧思与冲破僵化的社会外壳、恢复人类固有天性的深沉呼唤，也充分反映出厌恶西方工业文明的毛姆急切地希望从异质文明中找到精神依托的心愿。

与局部象征相对应的是，毛姆还注重使用整体象征。1944年，当德国法西斯淫威日炽之时，毛姆的精神探索进入了最后阶段。他鼓吹拉里《刀锋》式的生存方式，弃绝尘世的自我与理念中的“绝对”相结合，但作为一位有责任心的作家，他不可能超越人类道德中的全部条规，仍密切地注视着战争的变化，创造出杰出的短篇小说《不屈的女人》。小说中那个美狄亚式的复仇女神安耐特，代表了人性中真善美的准则，她虽是个弱女子，却知道怎样维护人的尊严，维护法兰西民族的尊严，并不惧怕侵略者的威逼利诱，从不向侵略者妥协。她把民族气节看成是高于个人感情的东西，为了反抗侵略者，忍受着巨大的个人感情上的悲痛，杀死了自己儿子。显然，安耐特的复仇行动已经不单是她个人性格的必然发展，而是一个民族的精神象征，它以无可辩驳的事实告诉人们：侵略者可以凭武力踏上异国的土地，但绝不可能在异国的土地上扎下根，因为一个民族的灵魂是不可能丢失的。即使付出惨重的代价，他们也要向侵略者复仇，等待侵略者的是绝望的号叫和必然灭亡的下场。《大班》中那两个掘墓的中国苦力，同样是一种象征，他们叮当的掘墓声就是殖民者即将覆灭的象征。掘墓人具有极大的威慑力，使侵略者产生恐惧，并在他们的掘墓声中死去。掘墓人是中国人民反帝的象征，那反复交错出现的坟茔预示了侵略者的归宿。毛姆用象征的手法，强化了自己想要表达的主题，并在这种象征中寄寓了自己的情感。他打破了传统写实小说家只是一名记录员的局限，在一系列的暗示中作自己的评判并表达自己的主观感受。

艺术从忠实地再现客观世界的原貌到注重表现艺术家内心的情感世界，这一过程走过了漫长的历史长河。后印象派画家高更在画坛倡导的表现主义思潮，不但给绘画艺术带来革新，还冲击到其他艺术领域的审美观。毛姆正是深受其影响的多位艺术家之一。他最初只是一名优秀的自然主义、现实主义小说家，擅长在社会背景、人物风貌、故事情节的细致和忠实刻画中，批判社会现实和展露人生百态。但是随着他对同时期的绘画艺术的关注，尤其是对高更画作的深入了解，他的艺术审美观逐渐转变，不再认为艺术只是对客观世界的模仿，艺术应该首要表现艺术家对客观世界的理解。他开始尝试着在自己的小说创作中增加现代主义的表现手法，把追求“形似”之外的“神似”和“言外之意”作为审美理想的最高境界。其中，最突出的成就即他成功地运用象征来揭示人物复杂的内心世界，以及他在表现人性的幽深多变时所隐藏在字里行间的哲理性思索。随后的一章将着重探讨毛姆在受到高更的影响，使审美观点发生转变之后，其在小说叙事手法上进行的全新尝试。

第五章　空间假借——高更对毛姆在叙事技巧上的启示

诗与画被称为“姐妹艺术”，对二者的美学特征的分析，是西方古老而又常新的论题。除比较诗画的长短优劣之外，对二者的区别、联系，西方艺术家不乏较深入的分析。从亚里士多德开始，就不断有批评家对诗画的不同作出分析，但莱辛所著的《拉奥孔》才真正系统地说明了诗画的区别。但莱辛指出：“绘画用空间中的形体和颜色”，“诗用在时间中发出的声音”，由此明确界定了绘画是空间的艺术，诗是时间的艺术。莱辛不仅看到了诗画在形式、对象、媒介和材质上的区别，同时还论述了空间艺术可以寓动于静，时间艺术可以化静为动，二者能各自突破自己的界限而互相汲取、互为补充。按照他的理论，文学艺术是完全可以突破自身在空间上的局限，借鉴绘画的空间意识，实现时间艺术的空间假借。

第一节 空间的拼贴

众多评论家因为毛姆的小说带有很强的社会批判意义而把他简单地划归为现实主义作家或自然主义作家。毛姆本人亦多次在读书随笔中赞扬莫泊桑、巴尔扎克和雨果等几位给他带来巨大影响的优秀现实主义小说家。他早期的作品即沿用传统现实主义作家常用的上帝式全知全能叙事视角。近年来，评论界对毛姆作品中颇具现代意味的创作观念和艺术技巧逐渐重视起来，特别是其在叙事技法上的革新，评论家们更是纷纷著文阐述。

从毛姆所处的时代背景来分析，不难得出结论，19 与 20 世纪之交时新旧两种思想产生的碰撞，不可避免地使毛姆也沿用了当时文艺界流行的现代派创作风格。然而，把毛姆在叙事手法上的突破笼统地归结于受到文学现代派思潮的影响，似乎过于片面。因为毛姆说过，他对与他同时期的现代派作家以形式的翻新来弥补内容的乏味非常不屑。他始终坚持小说家的首要任务是讲好故事。使他从现实主义向现代主义产生飞跃的人实则另有其人。高更绘画技法的独特之处主要体现在大面积色彩的平涂拼贴画法和两维空间的平面构图。这种技法被当时的评论界认为是拙劣的儿童式画法，但画家正是通过这种拉大观众距离的技法来表达自己内心深处不被传统审美观点所理解的情感和梦幻。与画家用画笔、颜料给观众展现所描绘的物体一样，作家从叙事者的角度给读者讲述故事。毛姆抛弃了早期小说中使用的全知全能型叙事，而转向旨在缩短读者审美距离的内聚焦型第一人称叙事。然而，颇令人费解的是毛姆将第一人称叙事手法运用于小说旁观者的视角，反而拉开了作者与读者、读者与作品之间的距离。因此，有评论家批评毛姆长篇小说中塑造的人物很失败，没有为读者反映出人物清晰的内心世界。然而，这正是毛姆有意为之，因为他描写的人物通常有着对社会有强烈冲击性的人格，这类人离经叛道的行为不被当时的主流社会所理解和接受。他抛弃现实主义的传统，以对话的方式，引领读者通过叙事者与众多人物的交谈，在他们可信和不可信的拼贴式讲述的交错中，在文字之外的空间构建人物形象，实现了对艺术媒介的物理局限的超越。写实和形似只是小说和绘画创作的初级阶段，能够使读者和观众向文本和画外的空间飞升才是艺术追求的高级阶段。

拼贴手法（Collage）是现代绘画常用的艺术表现手法。它把显著来自两个不同时代的画面用拼贴的方式，未经协调地放在同一个画面上。拼贴画常给人不同空间的互切，或不同空间、深度、方向的同时伸展，不同时间经验的同时并置，形成对比与呼应，而产生述义性。[①] 高更自创的“综合技法”中大量使用了拼贴手法。中国古典文论中有诗画相通乃至文画相通之说，即所谓“文者无形之画，画者有形之文，二者

① ［美］叶维廉著：《中国诗学》增订版，北京：人民文学出版社 2006 年版，第231 页。

异迹而同趣”[①]。指的是文学家和画家，虽然依凭的是不同的媒介，但他们都通过一个物质的自然世界创造出一个审美的艺术世界。不难想象，他们都在试图超越各自媒介的物理局限（铅印的文字、真实可见的画布、颜料和笔触），引领读者和观众向那个仅存在于人意识活动之中的艺术世界飞升。艺术家在此过程中的探索不可避免地会带来他们创作技法和风格的转变，毛姆小说中的叙事技巧就经历过非常显著的变化。

如上一章节所述，作为从印象派脱离出来的现代画家，高更认为艺术不应该只关心眼前看到的世界，而应唤起人类心灵深处神秘的创造力。因此，他非常反对照搬客观世界，更不愿在画作中对“现实”进行忠实的再现。他力图将个人的情感和对世界的主观认识倾诉于画布之上。他以简洁洗练的笔触将人物的姿态、手势或任何吸引他的动作以最快的速度记录在速写簿上，然后根据头脑中设想的画面，再从这些素描速写中选择相关素材，将它们仔细放大。这些作品强调人物的外形和色彩，而忽略了一些描述性的细节，因为高更深信印象是经过想象后对事物外形的记忆。记忆是有限的，不可能记住全部，但越使人精神激动的部分越能使人产生强烈的印象，所以，他删除掉外形和色彩中那些复杂的不必要的细节，只在画面上简洁地保留着他所看过的物体形象。所有的线条都变成了几何形状，所有的色调都是用棱镜分析出

---

① 孙仲武：《宗伯集》卷一，《东坡居士画怪石赋》，转引自钱钟书：《七缀集》，北京：生活·读书·新知三联书店 2002 年版，第 5 页。

来的原色。除此之外，高更还通过勾勒轮廓线简化描绘对象的外形，他把这种技法称为“综合法”，换言之，也是最基本的“拼贴”技法。

从 19 世纪 80 年代中后期开始，高更在绘画中广泛地使用综合法，他希望把这种技法融为自己的艺术风格。如果说创作于 1886 年的布列塔尼风景画只是新技法的尝试，那之后的人物像已经能明显看出一种全新的简洁风格。在《雅各与天使的搏斗》（见图 9）一画中，高更摒弃了多年沿袭毕沙罗的色彩分割法，不受透视的约束，不为远近法则所左右，而是大胆地采用装饰性构图和鲜艳的色彩。布列塔尼农妇头上戴的古怪帽子，加强了画面的装饰效果，而宗教传说中的搏斗场面却处理在不太明显的地方，以象征这些虔诚的布列塔尼农妇头脑里所映现的幻象。整幅画除了色彩运用的独特外，空间的处理也非常大胆。一棵横向的树干将画作隔成两个画面。一个带翅膀的天使和雅各在奋力格斗，这是画面中的一个空间；近处，三顶特大的白色帽子遮住了另一个空间，三顶白帽子是两个布列塔尼农妇的背影和一个侧影，都在深色衣裙的衬托下显得很突出，她们构成了第二个空间；在她们左边，一排跪着的妇女和树干下方一头嬉戏的牛，尽管很小，但他们的远近关系与格斗中的雅各和天使没有任何比例上的联系，因此他们是第三个空间。这样，整体平涂的大面积空间，就有三个层次，即是用三种透视体系并存的方法拼贴在一起的。所以，它是一个既靠色彩，也靠结构的非物质的空间。此外，由左上往右下斜置的树干，冲破了连续的画面所带来的平板感，使画面富于变化且具有完全不同的深度宽阔的空间感。这幅画的问世，标志着高更对注重物体空间关系及色彩光影变化的传统艺术观念的一种挑战和超越。

高更最喜欢用“抽象”和“原始”两词来评论他从印象派脱离之后，出现在1888年的绘画创作中的风格转变。[①] 线条和色彩的处理使他的画很“抽象”，而画作的主题和视觉效果则带上浓烈的原始风味，尤其是从画家采用的表现技法和材料都可以看出他不再以传统的方式对待油画。他重平面、轻深度，使用可溶性的粉彩背景和颜料的薄涂法，在粗质画布上画出色彩鲜艳的平面图像，形成与西方油画传统完全相悖的新画法。高更与同时期的另外两位先锋画家——塞尚和凡·高一样，极力抵制学院技法，将原始画法逐步完善。他用简化外形的综合法来描绘物体，使得肖像画中人物的轮廓线愈加明显和清晰。高更的目的是用简化的外形、明艳的色彩取代透视空间和传统的明暗对照。他不热衷于作仔细的构图研究，因为他不希望走上传统的透视套路创作三维空间。无论是用“抽象”还是“原始”来形容高更的画作，可以断言，高更越来越倾向于拼贴简化的形体线条和原色的色块，构建相互对比与呼应的不同空间和层次。他采用二维平面构图，给出的画面有着强烈的视觉冲击效果，使很多观众和评论家都无法理解和接受。

正如所有走在时代前列的伟大艺术所遭受的命运一样，高更的画作也无一例外地受到当时大部分评论家的批评和诘

---

① ［美］约翰·雷华德著，平野、李家璧译：《后印象派绘画史》，桂林：广西师范大学出版社2002年版，第638页。

难。巴黎著名的评论家费里昂认为，高更画作中扭曲的形体丑陋不堪，他说："自古以来，没有任何的审美准则可以允许一个画家将人物的手臂画得如此之长，躯干如此之瘦，更没有画家会把女人的脸画成一张老鼠脸。"[①] 他把高更在技法上的新尝试直接等同于三年前修拉创造的点彩技法，并总结性地认为这两位艺术家都是自印象派脱离出来后，希望用技法的标新立异来使自己与众不同。普通的观众也同样无法理解高更画作中想要表达的思想内涵。高更在布列塔尼逗留期间，曾受到当地的市长夫妇的热情接待和照顾，为了表示谢意，高更为市长的妻子安琪儿作画。安琪儿是当地公认的美人，当《美丽的安琪儿》完成后，她却嫌画得不美而拒绝接受。市长也因高更把自己美貌的妻子画得脸部表情像头母牛而拂袖离去。此事令高更深感失望和尴尬。可见当时的评论界和观众对高更的画抱有多么粗暴与冷淡的态度。

高更夸大简化的线条，在烈焰般火红丰饶的色彩交织中，树立了自己独特的个性——那是每一个伟大的诗人和画家所梦想的人类最初的天真状态和伊甸乐园里人类混沌初开时生命的秘密。[②] 为了保留这一个性，高更在这些画作中倾注了两年的心血，那是异常艰苦而又孤独的岁月。但是1893年的巴黎展览会却让他失望至极。他的愤懑情绪在展览会结束后终于爆发出来："难道这些人什么都不懂吗？我的画对于这些精

① Thomason, Belinda. *The Post-Impressionists.* Oxford: Phaidon Oxford Limited, 1985, p. 44.

② Thomason, Belinda. *The Post-Impressionists.* Oxford: Phaidon Oxford Limited, 1985, p. 44.

明非凡的巴黎人来说难道过于原始?”① 他的塔希堤画作的确超出了一般人的理解力。评论家毛克莱写道:“他的作品透露出一股粗劣和野蛮之气，令人作呕。”一家知名画廊的老板对高更说:“我想我是不能鼓励你的艺术风格，它让我十分反感，我完全无法理解它。”另一位参加了高更1893年展览会的评论家也把他的画看成是一个头脑不健全的人的白日梦，是艺术界甚至自然界出现过的最糟糕的作品。就连画家过去的朋友斯特林堡也拒绝为高更的展览会写序言，他在信中说:“现在，我无法推崇你的艺术。我无法喜欢它，我一点也不理解你现在的塔希堤风格。”② 一些评论家甚至公开嘲笑高更是涂鸦的儿童画家，因为只有小孩才会喜欢使用他那样天真的构图和鲜艳的色彩，才会把属于不同空间的物体拼贴在同一个平面上。莫里斯形容展览会上的高更，每天默默地站在人群中，听着观众传来的恶评如潮，正如高更后来自己所说，他是一个遭受凌辱的印第安人，只能微笑着傲然接受命运。③

高更从接二连三的打击中逐渐明白，他用综合法在画作中苦心建立的塔希堤风格是深受学院派贻害的评论家和观众无法理解的，摆在他面前的道路是要么放弃综合法，走回原来传统的三维立体空间构图的老路，创作符合大众口味的艺

---

① [法] 勒内·于纳格著，孙丽荣、孔凡平译:《高傲的野蛮人——论高更的艺术》，沈阳:辽宁美术出版社1993年版，第295页。

② Wadley, Nicholas. *Noa Noa: Gauguin's Tahiti.* Oxford: Phaidon Oxford Limited, 1985. p. 121.

③ Fletcher, John Gould. *Paul Gauguin: His Life and Art.* New York: Nicholas L. Brown, 1921, p. 132.

术；要么是坚持自己的创新，将观众和评论家抛在脑后，只忠于自己内心的声音。高更义无反顾地选择了后者，他在写给好友丰丹纳的信中，诚恳而真挚地说："我一直保持沉默，而且还将一如既往地沉默下去，因为我早已明白真理不是来自于争论，而是来自于作品。相信有一天，会有人理解我的一番苦心。"[①] 在他看来，真正的美和真理只能表现，却无法用言语解释和表达，而他努力要描述的正是超出言语功能的梦境。对于这一点，毛姆深有体会，他在《月亮和六便士》中表述过相同的观点："美是一种美妙、奇异的东西，艺术家只有通过灵魂的痛苦折磨才能从宇宙的混沌中塑造出来。在美被创造出以后，它也不是为了让每个人都能认出来的。要想认识它，一个人必须重复艺术家经历过的一番冒险。他唱给你的是一个美的旋律，要是想在自己心里重新听一遍就必须有知识、有敏锐的感觉和想象力。"[②] 观众如果希望理解高更在画作中表达的情感，就必须抛弃原有的审美标准，从影响画家创作的原始文化角度出发，并在想象中将自己置身于高更曾经历过的热带阳光、土著居民和闲适自然的生活方式。然而，自从巴黎展览会之后，高更不再试图作任何解释，完全漠视大众的反应，故意在画作中拉远与观众的距离，挑战观众的审美品位。他坚持自己独特的创作技法，并将其发挥到极致。正是他不愿媚俗的勇气，使得他的画作在他去世多

---

① Fletcher, John Gould. *Paul Gauguin: His Life and Art*. New York: Nicholas L. Brown, 1921, p. 146.

② ［英］萨默塞特·毛姆著，傅惟慈译：《月亮和六便士》，上海：上海译文出版社2003年版，第67页。

年后终于逐渐为人们所理解和喜爱。

第二节 “可靠”与“不可靠”的叙事拼贴

高更表现那种难以言说的感觉时所采用的拼贴技法极大地启发了毛姆，他开始尝试在小说叙事中使用全新的技法。受法国现实主义作家的影响，毛姆早期的作品呈现出一种传统的叙事风格，即采用现实主义作家惯用的上帝式全知全能的第三人称叙述，叙事结构也是单一的线性结构，最具代表性的作品有《兰贝斯的丽莎》《克雷杜克夫人》和《山顶别墅》等。然而，他后期的短篇小说和长篇巨作，包括《月亮和六便士》《刀锋》以及《寻欢作乐》却在叙事方法上明显有别于他早期的作品。毛姆在这三部小说中使用内聚焦视角的第一人称叙事，描写三个主人公不平凡的人生经历。这三本小说中的主人公以现实生活中三个真实人物为原型，高更是《月亮和六便士》中思特克里兰德的原型；哲学家维特根斯坦是《刀锋》中拉里的原型；而《寻欢作乐》中的罗西则是根据毛姆爱恋了八年的苏·琼斯塑造的美丽女性形象。这三个原型要么还健在人世，要么是人们非常熟悉的著名艺术家，所以在创作这样的传记体小说时，毛姆意识到全知全能观点的写法要冒极大的风险，即“作品庞大累赘和冗长松散的风险”。[1] 而且创造出来的人物往往缺少说服力，使读者难以信服。因此，为了增添小说人物的真实性，他尝试采用新的叙事方法也就完全在情理之中。值得读者注意的一点是毛姆用第一人称讲故事。叙事者却不是主人公，讲的也不是自己的故事，他只是故事中的一个次要人物，和主要人物或多或少保持着联系。他并不决定情节，而只是以主要人物的知己朋友、仲裁者或旁观者的身份讲述故事。小说研究者大都认同这种写法有助于使读者对人物产生亲切感，增强小说的真实性，是很值得推荐的。亨利·詹姆斯就曾明确指出：“叙事作品中叙事角度从主人公向旁观者的过渡表明了小说艺术向真实性又迈进了一步，这种转变有不可小觑的魅力，它增加了作品的层次感和客观性，并为作品留下了耐人寻味的空间。”[2] 毛姆沿用这种叙事方法为三个人物立传，“我”既是叙事者（Narrator），也常常参与到作品和故事当中。“我”的作用是向读者以交谈的口吻，轻松、真切地介绍故事的背景和人物，展开情节。毛姆在《月亮和六便士》中第一次尝试全新的叙事手法。该小说出版后，立即遭到评论界的批评。评论家的指责主要集中在毛姆没能刻画出他所立传人物的内心世界，读者对人物的所作所为无法理解，造成人物的不真实感，令人难以信服。因此，小说本身成了失败的传记。英国著名小说家凯瑟琳·曼斯菲尔德就曾在《文艺协会》上写

---

① ［英］萨默塞特·毛姆著，刘文荣译：《毛姆读书随笔》，上海：上海三联书店 2007 年版，第 13 页。

② 胡亚敏：《叙事学》，武汉：华中师范大学出版社 2004 年版，第 42 页。

评论文章批评《月亮和六便士》，她说：

应当让读者看到他的思想活动，我们必须看到他对于他所感到的事物的评论，总应当比不断叫喊“见鬼去吧”要更充分更详尽。总要使人觉得最主要的是显示出他的一些品质，使我们觉得他可爱，而不要让人们说：“哎呀，你还没画香蕉就这样讨厌香蕉啊？那就求求你别画了吧。”①

难道毛姆用第一人称叙事扮演“灵魂探险者”的尝试失败了吗？答案当然是否定的。毛姆这三部小说中的主要人物具有全新的“冲击型人格”，拉里如闲云野鹤般自放于物质至上的美国梦之外；思特克里兰德为追求自己的艺术梦想，摆脱了社会道德和情感责任的束缚；善良纯真的罗西，因为生性风流、处处留情，而被人们视为伤风败俗的女子。他们都表现出与当时英国社会风气完全不同的人格魅力。三者在最初都是以毁坏既定秩序的叛逆者形象出现，他们是原有文化中的异质分子，他们的叛逆不是有意挑衅，而是出于其天性非如此不可。在毛姆所属的英国上流社会，这种人的存在是一个谜，他们的最大特点在于其价值观、生活方式无不对传统思维方式造成冲击。相对于持有传统思维的英国人，当时的冲击型人格完全是不可理喻的，毛姆说他的任务就好像“根据一块骨头，推断出一个史前生物的全貌”。要叙述一种

---

① Curtis, Anthony & John Whitehead. *W. Somerset Maugham: The Critical Heritage*. London: Routledge, 1987. p. 79.

对于传统英国文化来说完全未知的人格，就像高更在画作中要表现他那无法被学院派传统所理解的原始、野性的梦境一样，只能借助全新的叙事技法。这种叙事技法即借鉴高更综合绘画技法中的印象式拼贴法，在看似徒劳的叙事中，拉开读者与主人公的审美距离，为文本留下大量有待解读的空白地带让读者想象。毛姆的新尝试实际上是对读者展开挑战，因为读者只有抛弃固有的审美期待视域，才能理解对传统社会带来巨大冲击力的人物。

毛姆摆脱传统现实主义小说家的身份，其标志就在于他在后期创作的这三部长篇小说和包括《百事通先生》在内的多部短篇小说中注入了大量现代主义的元素。而高更的绘画技法带给毛姆叙事技法上的启发尤其值得关注。如前所述，高更的综合技法最突出的特征有两点：大面积的色彩平涂拼贴和两维的平面构图。以《塔希提牧歌》为例，即可清晰地看到这两个特点。画面总体视觉是以横向的 3：1 比例的上下条状分布。顶端的天空是以鲜绿色平涂，然后在上面用粉红色点缀树枝上的花朵，再用深绿色构出树干和树枝。中间条状是以紫红色为基调表示湖面，湖面上分别用黑色和深绿色表示小岛。近处的红色、黄色、黑色、白色分别点缀着岸边的花草和其他自然物。然而画面下方的条状则以深绿色为基调，上面“贴上”橘黄色的小狗。而树后的两个少女，一个穿着白色衣裙正迎面走来，一个穿着天蓝色衣裙正坐在湖边悠闲地吹着牧笛。这种色与色的“拼贴”和符号化的色彩点缀，以及形与形符号概况的象征，使整个画面形成童话般的审美氛围。这里没有人物和大自然物体形状的再现，也没有光影和明暗调子显示的三维景深，有的只是符号化的平面色彩象征表现，却达到了童话般的意境审美效果。法国诗人阿希尔·德拉罗什在研究高更的绘画时，发现他的作品有一个非常强烈的美学特征，即高更使用的大面积平涂色块像音乐般富有节奏的跳动，相互融合或者相互对抗的色调犹如一首带多声部、富有变化的合唱交响曲，真正扮演了乐团的角色。[①] 这些像音符一样跳动的色彩产生的审美效果正是高更所追求的。因为通过这种方式，可以激起观众的审美幻想与联想，以此拉近有限与无限、可见之物与不可见之物的距离，而不是用逼真的再现方式，去约束他人审美的自由。

对于对高更绘画颇有研究的毛姆来说，借用这种拼贴平涂的绘画技法实在是水到渠成的事。绘画是诉诸视觉的，在视、听、味、嗅、触诸感觉中，视觉最为重要，绘画要求在对象物的把握上有准确的视像感觉，通过这个视像感觉刺激大脑皮层从而形成对象物的形象。小说家塑造人物，其实是将他心目中的人物形象构建到读者的大脑中。他在著名的三本传记体小说中成功地发挥第一人称叙事的桥梁作用，不断地通过交谈、回忆、评论等手段，在叙事者可靠和不可靠的叙事交织中调节作者、作品和读者之间的关系。众多其他人物在与叙事者“我”的交谈中，他们的意识和观察通过对话得以展现，他们积极加入叙事的“众声喧哗”之中，成为分插在不同位置的“视角区域”，他们对同一事物的意识在交

---

① ［法］保罗·高更著，麻艳萍译：《此前此后——高更回忆录》，北京：新星出版社 2006 年版，第 48 页。

流中得到反映，而小说的真正“故事”也正是在这些人物意识折射下的事件和人物关系。这种拼贴式的叙事法与小说理论家亨利·詹姆斯的弟子卢伯克归纳为“图画法”的叙事技法如出一辙。卢伯克认为“图画法”即让事件通过某个接受意识屏幕得到反映，相对于全知叙事中那种全景俯瞰，“图画法”侧重于人物对事物的认识和看法，而缺少传统意义上的“事件”和人物行动。[①] 毛姆的三部长篇小说中的三个中心人物频繁地出现在周围人与叙事者的交谈中，他们的形象在别人的意识呈现中得以逐渐显露，作者没有直接进入他们的内心剖析他们的精神世界，因而他们的形象始终模糊不清，似远非远，像油画上远山背景一样被淡淡地作了虚化处理，给人以朦胧的捉摸不定感，读者需要根据作者布置的悬念、暗示、细节、启发以及某种可感的总体氛围去猜测推断，然后才能逐渐发现这些为传统社会所不容的人物背后的象征意义。本文将详细分析这三部小说中叙事者的功能，首先以《月亮和六便士》为例进行说明。

《月亮和六便士》的叙事者以一个匿名英国作家，同时也是小说中女主人公——思特克里兰德夫人的朋友身份来展开叙述。从他的所听、所见和所感中描绘出一个为追求自己的艺术梦想而抛家别子，来到南太平洋小岛上进行绘画创作的画家。该小说出版后，褒贬不一。作为众多艺术评论家之一的谢尔顿·立布曼曾经指责它是一部失败的传记，因为毛

---

① 申丹、韩加明、王丽亚：《英美小说叙事理论研究》，北京：北京大学出版社 2005 年版，第 116 页。

姆的叙事者没有为读者清晰地呈现出画家的心理转变过程，“他所做的全是猜测、解释和判断，而不是观察、分析和发现”。[①] 然而，这正是毛姆的高明之处，他知道自己所描绘的主体是一个“天才”，与当时的英国主流社会完全离经叛道，这种对社会产生巨大冲击的人超出了“文明”的读者和作家的理解。正因为他是在讲述一个无法被人理解的人，所以他假借叙事者之手从最初的为画家写传记到听别人讲故事，再到最后依赖于讲神话，使叙事者对主人公的描述类似于高更创作时采用的色彩平涂法。这种拼贴式叙事有意识地让小说主人公思特克里兰德与读者一步一步拉远距离，并以此说明和解释天才正如希望用尺寸量度月光一样是不可能的，读者想要理解真正的艺术和与文明社会格格不入的天才就必须要抛弃传统的、主流的审美观和价值观。

为了追寻世界的真实解释，毛姆采用第一人称叙事者。这个第一人称“我”完全参与情节，由于戏剧化的叙述是“把叙事者完全戏剧化，把他们变成与其讲述的人物同样生动的人物”[②]，所以《月亮和六便士》的叙事者是戏剧化的叙事者。他的每一次说话，每一个姿态都是经过乔装打扮之后再向读者讲述，由他来告诉读者哪些是需要知道的东西，但他似乎只在表演自己的角色，以小说中一个人物的面具来讲故事。在《月亮和六便士》中，毛姆是隐藏在叙事者身后的作

---

① Marcey, J. David. *Studies in the Novel. Vol.* 29. *Number* 1. Texas: University of North Texas, 1997. p. 330.

② ［美］W. C. 布斯著，华明、胡晓苏、周宪译：《小说修辞学》，北京：北京大学出版社 1987 年版，第 170 页。

者，他赋予叙事者的职责就是要为读者呈现一个伟大画家的传奇一生。毛姆把叙事者当作画家手中的画笔，以他的叙述来调节自己与作品以及与读者之间的距离。正如他在《巨匠与杰作》一书中所说："作者自己在讲故事，可他并不是主角……他的作用不是决定情节，而是作为其他人物的知己密友、仲裁者和观察者……"①

文章的开篇即是"我"接受思特克里兰德夫人的邀请前往参加她举办的晚宴，通过几次赴宴，"我"开始接触小说的中心人物思特克里兰德，并且为读者展现了一个英国伦敦普通的中年男子形象："他只不过是一个忠厚老实、索然无味的普通人。一个人可以钦佩他的为人，却不愿意同他待在一起。他是一个毫不引人注意的人。他可能是一个令人起敬的社会成员，一个诚实的经纪人，一个恪尽职责的丈夫和父亲，但是在他身上你没有任何必要浪费时间。"② 此时叙事者的描述是完全可信的，因为作者与读者之间没有距离。

而当思特克里兰德夫人向"我"哭诉丈夫抛弃她离家出走时，巨大的反差必然引起读者极大的兴趣，希望通过叙事者的描述了解为什么这样一个普通的好丈夫、好父亲会做出如此不寻常的举动。他们作了种种猜测，一致认定思特克里兰德离家出走的原因是因为有了别的女人。"我"自告奋勇地担当了为她去巴黎找回思特克里兰德的任务。然而"我"

---

① ［英］萨默塞特·毛姆著，孔海立、王晓明等译：《巨匠与杰作》，上海：华东师范大学出版社1987年版，第78页。

② ［英］萨默塞特·毛姆著，傅惟慈译：《月亮和六便士》，上海：上海译文出版社2003年版，第20页。

在巴黎遇到他之后，发现他竟然是来学绘画的，这时的“我”开始隐约意识到自己所要描绘的主体是一个“与大自然极相似的奥秘，其妙处就在于无法找到答案”①。

一半是出于思特克里兰德夫人的委托，一半是出于自己深深的好奇，“我”试图从思特克里兰德的绘画中洞悉他的思想，以了解是什么巨大的力量促成了他的出走。“我”回忆道：“我根本不了解他所追求的简朴。我还记得他画的一张静物，一只盘子上放着几只橘子，我发现他画的盘子并不圆，橘子两边也不对称，我就感到迷惑不解。”② 无法理解思特克里兰德的绘画风格，也使得他无法领会艺术家所要表达的情感。他最后向思特克里兰德坦言：“我想你是在努力表达些什么。虽然我不太清楚你想要表达的是什么。”③ 由于无法通过艺术家的作品了解他的画作中透露的“谜”，叙事者转向其他途径探索艺术家的灵魂。

除了叙事者“我”和思特克里兰德夫人之外，小说中还有其他众多人物与思特克里兰德有过接触。柔斯·瓦特尔芙德、麦克·安德鲁上校、德克·施特略夫、尼柯尔斯船长、泰尔·约翰逊、布吕诺船长、库特拉斯医生以及思特克里兰德的儿子罗伯特（他期望为死后成名的父亲作传）。“我”试

① ［英］萨默塞特·毛姆著，傅惟慈译：《月亮和六便士》，上海：上海译文出版社 2003 年版，第 2 页。

② ［英］萨默塞特·毛姆著，傅惟慈译：《月亮和六便士》，上海：上海译文出版社 2003 年版，第 143 页。

③ ［英］萨默塞特·毛姆著，傅惟慈译：《月亮和六便士》，上海：上海译文出版社 2003 年版，第 144 页。

图从与这些人的交谈中进一步了解艺术家，即从他人的故事叙述中获取“我”对艺术家的理解。然而这些人为“我”提供的叙述也是差强人意。他们对艺术家的叙述只是提供了不同的版本，要不就是忽视了艺术家的个性，要不就是不能正确地为他的艺术作出评估。罗伯特为父亲所作的传记也只是将他描绘成一个忠诚的丈夫和尽责的父亲，对于他为什么离家出走追寻艺术梦想却只字未提。阿契·罗斯注意到思特克里兰德的主要基调就是“模糊”，他分析毛姆的叙事技巧就在于“使思特克里兰德的艺术和个性在每次即将清晰呈现时，又再一次刻意地将其拉远”①。思特克里兰德的形象就像一幅油画上的肖像，经由这些讲述人的描述，变得越来越模糊，越来越不被人所理解。真实世界在叙事者挣扎的叙述中轰然坍塌，诸多讲述人的众声喧哗并没有触及主人公内心世界的真实，它们只是肖像画上一片片平涂的色彩，让人物从三维的立体形象变成二维的平面印象。

叙事者最富戏剧性的陈述来自尼柯尔斯船长讲述思特克里兰德在马赛的生活。正是他的故事逼迫“我”承认无法用事实来为艺术家作传：

但是我也非常清楚，尼柯尔斯船长是个大言不惭的牛皮大王，他告诉我的这些事也有可能没有一句是真话。今后如果发现思特克里兰德在世的时候根本不认识他，他对马赛的

---

① Loss, Archie K. *W. Somerset Maugham*. New York: Ungar, 1987. pp. 42 – 43.

知识完全来自一本杂志，我是一点也不会感到吃惊的。①

历史的真实性完全坍塌。“我”无法保证努力营建的陈述能够为读者描述出一个客观而真实的思特克里兰德。他从伦敦到巴黎再到马赛，最后魂归芭比堤的过程，是一个空间距离和心理距离同时渐行渐远的过程。思特克里兰德已逍遥转身离去，空余令人费解的模糊背影。

如果《月亮和六便士》是一部失败的传记，那么它的失败来源于叙事者“我”无法进入所描述的主体的内心幽暗深处，也无法展现出伟大艺术家的作品魅力。而叙事者无法走入主人公的内心世界的根本原因则是文明与原始的对立。思特克里兰德已经完全从一个文明绅士蜕变为原始社会的野蛮人，叙事者仍然按西方社会的道德准则来看待画家的行为，自然是处处碰壁。而观众如果也与叙事者同谋，站在同一立场，则必定会遭遇同样的尴尬。这种不可调和的对立和矛盾最终让叙事者转向神话。安东尼·柯蒂斯指出：“毛姆在小说的最后波利尼西亚部分，把他的英雄从一个难以相处，令人生厌的人变成了神话的化身。”② 随着小说的一步步推进，叙事者只能慢慢求助于神话，这是人们对感到诧异或者迷惑不解的事件，也是无法求得答案时唯一的选择。库特拉斯医生对叙事者回忆他所看到的思特克里兰德的最后画作：“我说不

---

① ［英］萨默塞特·毛姆著，傅惟慈译：《月亮和六便士》，上海：上海译文出版社 2003 年版，第 166 页。

② Curtis，Anthony. *The Pattern of Maugham：A Critical Portrait*. London：Hamish Hamilton，1974. p. 105.

太清楚。他的画奇异而荒诞，好像是宇宙初创时的图景——伊甸园，亚当和夏娃，我怎么知道呢？是对人体美——男性和女性的形体——的一首赞美诗，是对大自然的颂歌。"[①]"谁能知道，是什么痛苦的幻想创造出这些果实的呢？该不是看管金苹果的赫斯珀里得斯三姐妹在波利尼西亚果园中培植出来的吧！"[②] 思特克里兰德画作中的静物水果就像被人施展了魔法的果子，只属于神秘宫殿里的神仙。《月亮和六便士》的叙事者从作传记到讲故事再到制造神话是不可避免的。小说探问：一个深受文明社会影响的人能创作出伟大艺术吗？文明社会能够理解伟大艺术和天才吗？毛姆对两个问题的回答都是"不能"。小说直到结束终了，读者对思特克里兰德和他的绘画的理解都始终模糊不清。如果说小说是一部失败的传记，那也是毛姆有意让它失败的。

罗伯特·卡德尔在为毛姆作传时，曾写道："《月亮和六便士》的叙事者在读者和小说主人公之间制造了一个距离。"[③] 正是隐藏在文本之后的作者毛姆通过使叙事者一次又一次的努力讲述遭遇失败，从而刻意一步步拉远主人公与读者的距离以及自己与读者的距离。布斯在《小说修辞学》中谈到隐含的作者可以或多或少地远离读者。"依作家之见，要

---

① ［英］萨默塞特·毛姆著，傅惟慈译：《月亮和六便士》，上海：上海译文出版社2003年版，第202页。

② ［英］萨默塞特·毛姆著，傅惟慈译：《月亮和六便士》，上海：上海译文出版社2003年版，第205页。

③ Calder, Robert. *Willie: The Life of W. Somerset Maugham*. London: William Heinemann, Ltd., 1989. p. 157.

成功地阅读他的作品，就必须消除他的隐含的作者的基本思想规范与假定的读者的规范之间的所有的距离。”① 小说反映的是天才与社会、原始与文明之间的冲突，毛姆创作这部小说的目的也在于通过对真理与伟大艺术的探寻，以嘲弄英国上层的审美观和主流价值观。读者在阅读小说时只有努力消除与作者的思想规范的距离，才能体会到《月亮和六便士》作为传记体小说而言，并非如谢尔顿·立布曼所言是一部“失败的传记”。作者故意通过叙事者从作传记到讲故事再到求助于讲神话的过程，一步步拉远了与读者的距离，是希望读者能明白解释和理解天才的困难，毕竟大多数人都不会选择羽化登仙地去摘取天上的月亮，而放着脚边的六便士不闻不顾。毛姆以旁观者的视角打量关于人性的无数侧面和细节，隐身于叙事者身后的他带着惯常的冷漠眼神，暗示读者在阅读过程中只有抛开由西方文明所形成的主流价值观和审美观才能对伟大艺术家的心灵窥见一斑。

再看《寻欢作乐》。这部小说写于 1930 年，它的叙事者同样是名叫阿申登的作家，这是毛姆惯常使用的叙事者身份。小说的情节主要以回忆的方式由阿申登以第一人称娓娓道来。罗伊·基尔受到德里菲尔德遗孀的委托，准备为已故的老作家撰写传记，他邀请自幼结识德里菲尔德的阿申登一同收集材料。于是阿申登采用回忆的口吻陆陆续续地向读者介绍了德里菲尔德与他前妻早年的种种逸闻琐事。小说虽然以德里

① ［美］W. C. 布斯著，华明、胡晓苏、周宪译：《小说修辞学》，北京：北京大学出版社 1987 年版，第 177 页。

菲尔德和他的前妻为中心，描画了英国文学界形形色色的人物脸谱，但毛姆更加着意刻画的是女主角罗西。她年轻时身份低微，当过酒店的女招待，后来嫁给热情真挚的德里菲尔德，摆脱了贫困的处境，但她仍然与其早年的情人乔治暗中来往。尽管德里菲尔德渐渐蜚声文坛，可他们夫妻间始终貌合神离，以致风流的罗西不断委身其他男子，最后还和乔治一同私奔前往美国。罗西本质纯真、善良，尽管她在男女生活上行为不检，但绝不是一个骄奢淫逸的人。她也从不隐晦自己的低微出身，举止之间毫无矫揉造作的习气，与伪善世故的德里菲尔德的第二任妻子和虚伪圆滑的特拉福德太太之流形成鲜明的对比。罗西这一形象与当时英国主流社会的风气格格不入，这一点从文学界的社交圈对她的恶意评价即可看出。他们用“荡妇”“色情狂”“白皮肤的黑人”和“母牛”等恶毒的字眼攻击她，并将她视为伤风败俗的典型。

要塑造这样一个对传统道德和价值观有着极大冲击力的人物，毛姆通过在《月亮和六便士》中对拼贴式叙事技巧的尝试积累了经验，到此时已经对这种方法驾轻就熟。叙事者“我”作为事件的亲身经历者，同书中主要人物德里菲尔德和罗西是家乡的故知，又是罗伊·基尔的朋友，他同书中人物直接发生关系，起着推动情节发展的作用。同时，叙事者“我”在作者和读者之间扮演着非常复杂微妙的角色，可以说是二者之间发生联系的一个媒介。他就如画家手中的画笔，是作者向读者传达思想、表明态度的一个道具。毛姆正是多次借助叙事者之口，直接表达出他对罗西的欣赏和爱慕之情。他在描述这个被英国主流社会蔑为“荡妇”的女子时，出现了非常明显而又耐人寻味的疑点。毛姆对其他小说中那些文明世界里的女子有惊人细腻的内心描写，尤其是《刀锋》中的伊莎贝尔和《剧院风情》中的朱莉娅，毛姆安排了大量篇幅的内心独白，以便撩开她们美丽的外表，让其冷酷的内心世界暴露无遗。读者在读到她们使用手腕，用美色和爱情作为俘虏男子的工具时，不禁倒抽丝丝冷气。与此形成鲜明对比的是在《寻欢作乐》中，毛姆从未走入罗西的内心世界，所有关于她的描述都来源于一个与她从小到大保持亲密友谊的叙述者阿申登。除了阿申登先生这一叙事人之外，还有众多其他人物，他们包括阿申登的叔叔、婶婶在内的一大帮黑马厩镇居民和包括特拉福德太太之流的伦敦文化社交圈中的名人。他们用与叙事者交谈的方式也参与到故事的讲述当中，从他们的口中，读者还可以得到许多阿申登无法获得的信息。毛姆经过《月亮和六便士》中的尝试，已非常擅长于第一人称叙事的间接侧面描写，他以主要叙事者的穿插叙事为主，一些旁边的见证人的侧面叙述为辅，构建主人公一生的生活历程。这种拼贴法一方面使主人公与读者保持一定的审美距离，产生一种隐约模糊的朦胧美，引起读者的好奇心和神秘感，起到陌生化的作用；另一方面也使见证人的思想性格、生活观念、人生态度得到展现，大大扩展了小说的思想容量和美学内涵。毛姆还通过这种拼贴式技巧表达了他具有现代意识的崭新时空观。主人公罗西的生活历程被分割在几块不同的空间地域内——黑马厩镇、伦敦和纽约郊区等不同地区，每一板块由叙事者与不同人物之间的交谈进行构建，块与块之间没有具体内容上的联系，只有间接的过渡，不经意的暗示作为松散的联结。在《寻欢作乐》的叙事结构中，板块状结构突显出时间要素让位于空间观念，空间之间的转换承接了时间的发展。

作为空间艺术的绘画发展到20世纪初，已不再重视对客观世界的真实再现，空间的观念发生了前所未有的革新。二维平面的空间观挑战着观众对三维立体空间的传统审美观，而后印象派画家高更用大面积色彩艳丽的原色色块拼贴组合而成的空间，更是以完全陌生化的绘画技法给观众带来全新的视觉冲击。毛姆从绘画艺术中借鉴过来的拼贴式叙事，充分表明他和高更在时空观上不约而同地达成了共识。

毛姆在塑造《刀锋》中的拉里时，选择了相同的叙事视角，依然是以一个旁观者的身份用第一人称讲述拉里的奇特一生。因为叙事者的旁观视角，读者无法进入拉里的内心世界，他的所思所想如谜一样使读者好奇。他始终是一个二维的平面形象，所以读者必须依赖于"我"的叙述以及"我"在事件中流露出的某种倾向性去揣摩作品的思想内涵，领悟作者的创作意图。这部创作于1940年的小说，是毛姆后期的成熟之作，他不但继续沿用《月亮和六便士》的拼贴式叙事，还进一步打碎叙事的线性结构，在倒叙、插叙等叙事方法的穿插中，形成网状的多视角叙事结构。[①] 这种结构更方便了他对叙事进行拼贴和剪接。更为独特的一点是，毛姆抛掉在早期的多部小说中惯用的叙事者身份——小说家阿申登，

① 王丽丽：《天才的说谎者——论毛姆〈刀锋〉的叙述形式》，《湖北师范学院学报》（哲学社会科学版）1990年第1期。

亲自披挂上阵，成为小说的叙事者。他不再满足于像一个电影导演一样坐在场外指挥，也不愿像放幻灯片的人一样在画外解释。他以最合乎人情的态度与其他角色相处，显得相当温和与富有同情心，同时又不失敏锐的观察力。毛姆以这种态度处理小说时，无形中把作品放置在与读者感情最亲近的距离之内。《刀锋》中的叙事者“毛姆”，他的态度和口气最坦白，最接近毛姆的基本个性。但毛姆同时还是作者，作者“毛姆”的观点和认识并不能完全等同于故事中的叙事者“毛姆”的观点和认识。同时，身为作者和叙事者的特殊身份使毛姆可以像两栖动物一样自由地游移在作品与读者之间，造成流动的审美心理距离。这是一本带有浓厚哲理意味的小说，描述的主要人物拉里又是一个哲学家式、具有冲击型人格的青年，如果处理不当，小说很容易被写成高深艰涩的说理读本，那么它将索然无味，无人问津。毛姆又一次借鉴了高更在绘画中采用的空间拼贴技法，打破过去的作家“通览一切，一统天下”的单音调叙事，以“众声喧哗”的复调式多音部，拼贴众多叙事声音。他再次欲擒故纵，以看似非常可靠的叙事者身份为掩护，以“陌生化”的叙事手法打破空间的连贯性，将难以为世人理解的人物形象虚化。

在多视角叙事结构中，除了中心人物拉里和叙事者之外，还有包括伊莎贝尔、艾略特、格雷、苏珊和索菲在内的众多人物。毛姆对他们都作了深浅不一的刻画，形成一幅“二战”后的美国人物画廊。他们因某种因缘在特定的时刻和地点相识，然后又按各自的人生轨迹散开，各走各的路，他们中的某些人随后又聚到一起，于是再组合、再分散。每次组合和分散的情境各异，情节发展此起彼伏。与传统的框架式或波浪线式的结构相比，这种半开放式的结构具有更强的随意性和灵动感。毛姆铺开一张庞大的结构网，使人物随性地各自表演，各自发展。最后，他慢慢地收拢巨网，在一两件事情的陈述中，对几个主要人物性格关系的发展和结局做出总结性的交代。叙事者在这样一个巨大的关系网中通过与其他人物的交谈获取信息。这个网状的结构，既像多声部的复调音乐，不同的音调最终组合在一起构成一部统一的乐曲，同时更像一幅笔触细碎的油画，凭着每一笔的色彩累积，才最终在画布上描绘出一个整体的形象。

这些人物对拉里各持不同的看法。他们在某种程度上来说，也是叙事者，只是相比贯穿始末的主要叙事者而言，他们的功能稍次。他们因为各自视域的局限，而对拉里产生各自的误读。拉里的形象和性格不是在作品一开始就明确的，而是经过了整整六章（小说共七章），在诸多叙事者一次次的叙述后才逐渐跃出纸面的。就每一个单独的次要叙事者的叙述画面看，那形象是支离破碎、模糊不清，甚至肤浅有限的，即便是作者的叙述和拉里的自述也是如此。其中某些叙述还存在种种歪曲。艾略特把拉里视为游手好闲、不务正业的无赖；伊莎贝尔视拉里为青梅竹马的至爱；格雷把拉里看作是从印度归来、能治百病的圣者；苏珊则视拉里为“完全无所为而为”的怪人，如此等等。他们对拉里的认识都存在着一定的片面和偏差。只有当读者读完全书时，才能将众多角度不同的叙述画面缀合到一起，形成不受任何叙事者偏见影响的对拉里的认识，发现他既非无赖，也非圣人，他只是一个走在时代前面的美国青年，他的行为和思维方式都因为具有超前意识而难以被传统社会所理解和接受。

小说的故事叙述以人物之间的交谈为主。在交谈中，叙事者“毛姆”把不同人物的拼贴叙事连珠成串。这些不同人物的声音大致可以分为三类：第一类是以艾略特、伊莎贝尔、格雷等人为代表的西方上流社会正统文化的声音；第二类是以拉里为代表的冲击型人格的声音，他参与交谈的时候较少，大部分时候保持沉默，以一种异质的存在出现于别人的谈话中；第三类是穿梭在各个人物之间的叙事者的声音，他的声音介于前两种声音之间，力图对冲击型人格作出合理的阐释。然而，毛姆依然利用原本旨在拉近读者与作品距离的第一人称叙事，使读者与作品以及作品中的中心人物始终保持一段距离。他一方面在开篇先郑重声明：“这里面丝毫没有杜撰。”[①] 表示自己绝无虚构，只是把亲身经历昭示读者。另一方面又操纵手中的叙事魔杖，引领读者进入一个恍如真实现世的艺术境界中。随后，他再一步步使拉里其人从读者眼前渐行渐远，从最初的一个普通美国青年变成最后讳莫如深、令人费解的人。他将线性结构的叙事打成空间上的碎片，使拉里始终处在与读者有一段物理距离的远处。叙事者“毛姆”初识拉里时，就对他不愿工作，成天泡在图书馆看哲学书感到好奇，“我有个感觉，只能说是直觉，好像这个孩子灵魂里在模模糊糊追求一种东西，是不是属于一种半明半昧的

① ［英］萨默塞特·毛姆著，周煦良译：《刀锋》，上海：上海译文出版社2003年版，第3页。

观念，抑或是一种隐隐约约的情绪，我也说不出，而这种追求却使他整个的人得不到宁息，逼着他，连他自己也不知道要上哪儿去找”。[①] 作家“毛姆”表面上是努力地希望将拉里的真实内心世界展露给读者，却通过叙事者“毛姆”在一次次的讲述和交谈中，时不时地插入他的评论，又增添一分拉里的神秘色彩。“（拉里）总有种超然物外的味儿，就好像他并不把自己全部公开出来，而是把某些东西保留在自己的灵魂深处。是什么使他脱离我们呢？一种拉力？一个秘密？一种向往？某种知识？我也不知道。”[②] 除了作家“毛姆”之外，没有人明白拉里的精神世界和他到底在找寻什么，叙事者只能猜想、推测，他留给读者这些有待回答的疑问，促使他们积极地思考，参与到小说文本之外的想象空间中，建构他们各自心目中的拉里。因此，读者的正确认识首要是建立在抛弃传统的阅读习惯和道德价值观，抛开一种已然形成的、先前存在的经验，并在理解多角度叙事结构的艺术功用上，对人物进行综合全面的把握。否则，读者将会有很大的可能掉进错误的阅读泥淖中。

毛姆采用这种拼贴叙事分割出几块叙事空间，以破碎的空间突破时间的绵延，在块与块的衔接中，为读者留下大量等待他们参与的空白地带。读者能够在叙事板块的传承转折中越过文字而进入思维的自由遨游中，因而使读者实现了

---

① ［英］萨默塞特·毛姆著，周煦良译：《刀锋》，上海：上海译文出版社2003年版，第31页。

② ［英］萨默塞特·毛姆著，周煦良译：《刀锋》，上海：上海译文出版社2003年版，第151页。

“一种空间的飞跃，从受限制的文字跨入不受限制的自然的活动里”①。他甚至都不愿给拉里盖棺定论地作出总结，道出他对拉里的看法，向读者阐明他到底是什么样的人。文章终了，毛姆坦言：“我是一个俗人，是尘世中人；我只能对这类人中龙凤的光辉形象表示景慕，没法步他的后尘。有时候一些比较接近通常类型的人，我自命能了解他们的内心深处；对拉里，我不能。……我讲拉里只能到此为止，我知道这很不够，但是，没有办法。”② 这是作者本人真实的声音吗？抑或是他又借助叙事者“毛姆”的声音与读者玩的捉迷藏？笼罩在拉里身上的神秘面纱始终半掩半遮。读者越是感到道德上的无所适从，就越容易被迫像拉里一样去面对每一种选择，面对他的个人世界，被迫去寻求真正的价值。这正是毛姆的高明之处，既然叙述的对象超出了读者一般的道德与价值范畴，那不如索性保持读者与作品的距离，保持主要人物的朦胧感，让读者在阅读过程中作出自己的价值评判。

综合以上三部小说叙事技巧的分析，可以看出，毛姆在塑造与主流价值观发生冲突的人格时，拒绝对他们作出道德的仲裁。对此，W. C. 布斯在《小说修辞学》中颇有微词。他说：“应该指出，一个作者负有义务，尽可能地澄清他的道德立场。”但他同时也看到，“对于许多作者来说，会有这样的时候，那时，在要显得冷漠和客观，与要使作品的道德基

---

① ［美］叶维廉著：《中国诗学》增订版，北京：人民文学出版社 2006 年版，第 211 页。

② ［英］萨默塞特・毛姆著，周煦良译：《刀锋》，上海：上海译文出版社 2003 年版，第 296 页。

础绝对清楚来提高其他效果的义务之间，有着一种公开的冲突”。[①] 毛姆最终证明了自己有着超凡的能力来化解这种冲突。他抛弃了传统作家惯用的第三人称全知叙事，而代之以第一人称的众多人物的对话，并以对话所反映的他们对同一事物的意识和观察进行拼贴叙事，这种被小说理论家亨利·詹姆斯归结为“图画法”模式的叙事突破了小说受制于按照时间顺序的线性叙事结构带来的局限，而在叙事的拼贴中向空间延伸，用空间的转换暗示时间的发展。不同叙事板块在拼贴时，留下的空白地带则有待读者的参与，期待他们作出自己的道德评判，从而实现了作者游离于道德审判之外的客观立场。毛姆不但借鉴了绘画艺术中的空间观念，还进一步模仿高更的绘画技法，对所表现的物体和所刻画的人物欲擒故纵，以虚写实，用叙事者看似真实可靠的叙事拉远读者与作品的距离，让人物站在超脱于社会传统价值规范的远处，保持着高更画作中原始、质朴的梦境所具有的那份“只可意会，不可言传”的神秘感。

① ［美］W. C. 布斯著，华明、胡晓苏、周宪译：《小说修辞学》，北京：北京大学出版社 1987 年版，第 434 页。

参考文献

（一）毛姆的作品和相关理论批评

1. 毛姆的作品

［1］［英］萨默塞特·毛姆著，周煦良译：《刀锋》，上海：上海译文出版社 2003 年版。

［2］［英］萨默塞特·毛姆著，傅惟慈译：《月亮和六便士》，上海：上海译文出版社 2003 年版。

［3］［英］萨默塞特·毛姆著，阮景林译：《面纱》，重庆：重庆出版社 2006 年版。

［4］［英］萨默塞特·毛姆著，唐建清译：《在中国屏风上》，南京：江苏人民出版社 2006 年版。

［5］［英］萨默塞特·毛姆著，叶尊译：《寻欢作乐》，南京：译林出版社 2006 年版。

［6］［英］萨默塞特·毛姆著，孔海立、王晓明等译：《巨匠与杰作》，上海：华东师范大学出版社 1987 年版。

［7］［英］萨默塞特·毛姆著，张柏然、张增建、倪俊译：《人生的枷锁》，南京：江苏人民出版社 1983 年版。

［8］［英］萨默塞特·毛姆著，刘文荣译：《毛姆读书随

笔》，上海：上海三联书店 2007 年版。

［9］［英］萨默塞特·毛姆著，冯亦代、傅涛涛等译：《毛姆短篇小说集》，北京：外国文学出版社 1983 年版。

［10］［英］萨默塞特·毛姆著，佟孝功等译：《天作之合——毛姆短篇小说选》，长沙：湖南人民出版社 1983 年版。

［11］［英］萨默塞特·毛姆著，俞亢咏译：《毛姆随想录》，天津：百花文艺出版社 1992 年版。

［12］Maugham，Somerset. *The Summing up*. London：Pan Books Ltd. Cavaye Place，1976.

2. 毛姆的相关研究

［1］［法］波伊耳著，梁识梅译：《天堂之魔——毛姆传》，北京：中国文联出版公司 1987 年版。

［2］［美］特德·摩根著，梅影、舒云、晓静译：《人世的挑剔者——毛姆传》，长沙：湖南人民出版社 1986 年版。

［3］［英］罗宾·毛姆著，薛相林、张敏生译：《忆毛姆》，重庆：重庆出版社 1986 年版。

［4］Booz，Elisabeth B. ed. *An Introduction to Modern British Literature*. Shanghai：Shanghai Foreign Language Education Press，1984.

［5］Bradner，Laurence. *Somerset Maugham：A Guide*. Edinburgh：Oliver and Boyd，1963.

［6］Calder，Robert. *Willie：The Life of W. Somerset Maugham*. London：William Heinemann，Ltd.，1989.

［7］Casey，John. *Art and Feeling—The Language of Criticism*. Lon-don：Methuen Co. Ltd.，1966.

［8］Curtis，Anthony. *Somerset Maugham*. London：Weidenfeld and Nicolson, 1977.

[9] Curtis, Anthony. *The Pattern of Maugham: A Critical Portrait*. London: Hamish Hamilton, 1974.

[10] Curtis, Anthony & John Whitehead. *W. Somerset Maugham: The Critical Heritage*. London: Routledge, 1987.

[11] Loss, Archie K. *W. Somerset Maugham*. New York: Ungar, 1987.

[12] Marcey, J. David. *Studies in the Novel. Vol.* 29. *Number* 1. Texas: University of North Texas, 1997.

[13] Scott-Kilvert, Ian. *British Writers*. New York: Charles Scribner's Sons, 1983.

[14] Subranmani. “The Mythical Quest: Liberty Responses to the South Seas”. In *Contemporary Literary Criticism*. Eds. Sharon R. Gruton & Laurie Lanzen Harris. Vol. 15. Detroit: Gale Research Company, 1980.

[15] Freud, Sigmund. “Creative Writers and Day-Dreaming”. *In Art and Literature*. Ed. Albert Dickson. Harmondsworth: Penguin Books, 1985.

（二）高更的作品和相关理论批评

1. 高更的作品

[1]［法］保罗·高更著，麻艳萍译：《此前此后——高更回忆录》，北京：新星出版社 2006 年版。

[2]［法］保罗·高更著，郭安定译：《诺阿·诺阿——芳香的土地》，北京：中国人民大学出版社 2004 年版。

[3] [法] 保罗·高更著，[法] 莫里斯·马兰格编，闵希文译：《高更给妻子和友人的信》，北京：东方出版社2001年版。

2. 高更的相关理论研究

[1] [法] 勒内·于纳格著，孙丽荣、孔凡平译：《高傲的野蛮人——论高更的艺术》，沈阳：辽宁美术出版社1993年版。

[2] 眭谦编著：《高更》，北京：人民美术出版社2002年版。

[3] 何政广主编：《高更——原始与野性憧憬》，石家庄：河北教育出版社1998年版。

[4] Fletcher, John Gould. *Paul Gauguin: His Life and Art*. New York: Nicholas L. Brown, 1921.

[5] Thomason, Belinda. *The Post-Impressionists*. Oxford: Phaidon Oxford Limited, 1985.

[6] Wasiutynski, Vojtech Jirat. *Technique and Meaning in the Paintings of Paul Gauguin*. Cambridge: Cambridge University Press, 2000.

[7] Wadley, Nicholas. *Noa Noa: Gauguin's Tahiti*. Oxford: Phaidon Oxford Limited, 1985.

(三) 艺术理论著作

[1] [美] 约翰·雷华德著，平野、李家璧译：《后印象派绘画史》，桂林：广西师范大学出版社2002年版。

［2］汝信主编，王红媛编著：《西方绘画艺术史》，银川：宁夏人民出版社 2000 年版。

［3］［意］里奥奈罗·文杜里著，迟轲译：《西方艺术批评史》，南京：江苏教育出版社 2005 年版。

［4］［美］鲁道夫·阿恩海姆著，滕守尧、朱疆源译：《艺术与视知觉》，成都：四川人民出版社 2006 年版。

［5］［法］狄德罗著，张冠尧等译：《狄德罗美学论文选》，北京：人民文学出版社 1984 年版。

［6］［英］奥斯本著，王柯平等译：《鉴赏的艺术》，成都：四川人民出版社 2006 年版。

［7］［英］E. H. 贡布里希著，林夕、李本正、范景中译：《艺术与错觉：图画再现的心理学研究》，长沙：湖南科学技术出版社 1999 年版。

［8］［意］达·芬奇著，戴勉编译：《芬奇论绘画》，北京：人民美术出版社 1979 年版。

［9］［美］苏珊·朗格著，滕守尧译：《艺术问题》，南京：南京出版社 2006 年版。

［10］汪流等编：《艺术特征论》，北京：文化艺术出版社 1984 年版。

（四）比较文学理论、诗画比较理论著作

［1］［美］勒内·韦勒克、奥斯汀·沃伦著，刘象愚等译：《文学理论》，南京：江苏教育出版社 2005 年版。

［2］陈惇、孙景尧、谢天振主编：《比较文学》，北京：

高等教育出版社 1997 年版。

［3］杨乃乔：《比较文学概论》，北京：北京大学出版社 2005 年版。

［4］宗白华：《美学散步》，上海：上海人民出版社 2005 年版。

［5］宗白华：《艺境》，北京：北京大学出版社 1987 年版。

［6］［美］叶维廉著：《中国诗学》增订版，北京：人民文学出版社 2006 年版。

［7］［德］莱辛著，朱光潜译：《拉奥孔》，北京：人民文学出版社 2006 年版。

［8］邓乔彬：《有声画与无声诗》，上海：上海社会科学院出版社 1993 年版。

［9］钱钟书：《七缀集》，北京：生活·读书·新知三联书店 2002 年版。

［10］饶芃子：《比较文艺学论集》，上海：学林出版社 2003 年版。

［11］刘介民：《比较文学方法论》，天津：天津人民出版社 1993 年版。

（五）其他相关著作

［1］［美］W. C. 布斯著，华明、胡晓苏、周宪译：《小说修辞学》，北京：北京大学出版社 1987 年版。

［2］胡亚敏：《叙事学》，武汉：华中师范大学出版社

2004 年版。

［3］申丹、韩加明、王丽亚：《英美小说叙事理论研究》，北京：北京大学出版社 2005 年版。

［4］伍蠡甫、胡经之主编：《西方文艺理论名著选编》，北京：北京大学出版社 2004 年版。

［5］黄晋凯等主编：《象征主义·意象派》，北京：中国人民大学出版社 1989 年版。

［6］毛峰：《神秘主义诗学》，北京：生活·读书·新知三联书店 1998 年版。

［7］［德］黑格尔著，寇鹏程译：《美学》，北京：商务印书馆 1996 年版。

［8］叶秀山：《思·史·诗：现象学和存在哲学研究》，北京：人民出版社 1988 年版。

［9］李向平：《死亡与超越》，上海：上海文化出版社 1997 年版。

［10］王以培：《基督与解脱》，北京：作家出版社 1997 年版。

［11］段德智：《死亡哲学》，武汉：湖北人民出版社 1991 年版。

［12］［法］艾玛纽埃尔·勒维纳斯著，余中先译：《上帝·死亡和时间》，北京：生活·读书·新知三联书店 1997 年版。

［13］洪汉鼎：《斯宾诺莎哲学研究》，北京：人民出版社 1993 年版。

［14］［荷］斯宾诺莎著，贺麟译：《伦理学》，北京：商

务印书馆 1983 年版。

［15］韩民青：《当代哲学人类学　走向本真的存在》（第一卷），南宁：广西人民出版社 1998 年版

［16］张曙光：《生存哲学　走向本真的存在》，昆明：云南人民出版社 2001 年版。

［17］刘小枫：《拯救与逍遥》，上海：华东师范大学 2007 年版。

［18］刘绍瑾：《庄子与中国美学》，长沙：岳麓书社 2007 年版。

［19］［德］海德格尔著，陈嘉映、王庆节译：《存在与时间》，北京：生活·读书·新知三联书店 1987 年版。

［20］［法］加缪著，杜小真译：《西西弗的神话》，桂林：广西师范大学出版社 2002 年版。

［21］［德］歌德著，钱春绮译：《浮士德》，上海：上海译文出版社 1982 年版。

［22］蒋述卓：《文化视野中的文艺存在》，北京：中国社会科学出版社 2003 年版。

［23］王丽丽编著：《二十世纪英国文学史》，济南：山东大学出版社 2001 年版。

［24］苏联科学院高尔基世界文学研究所编：《英国文学史（1890—1955）》，北京：人民文学出版社 1983 年版。

［25］［德］叔本华著，金玲译：《爱与生的苦恼》，北京：华龄出版社 1996 年版。

［26］朱伯雄：《玫瑰与十字架的象征》，上海：上海书店出版社 2005 年版。

[27] 曹文轩：《一根燃烧尽了的绳子》，北京：作家出版社 2003 年版。

[28] [日] 今道友信著，鲍显阳、王永丽译：《关于美》，哈尔滨：黑龙江人民出版社 1983 年版。

[29] [奥] 茨威格著，高中甫等译：《绝命书》，《茨威格小说集》，天津：百花文艺出版社 1982 年版。

[30] [俄] 叶赛宁著，邓勇译：《致叶·里夫希茨》，《国外文学》1985 年第 4 期。

跋

梁晴是我的博士同窗。2009 年我们从暨南大学博士毕业，转眼又是几年过去了，我们只是过年过节时偶尔发发信息，通通电话，可谓君子之交淡如水。既然是君子之交，不算知己，也算朋友，就没有必要顾及太多的繁文缛节，心里有这个人就够了，否则就显得造作了。

2014 年暑假我才有了微信，10 月底梁晴加了我的微信。今年 3 月份，她忽然发来微信说她准备出版她的博士学位论文，让我帮忙写个跋。我甚为惊讶，也甚为汗颜，觉得我何德何能，辈分不高，名气不大，对其大作起不到什么作用，连忙推卸。岂料她说："我找你主要是因为咱们是同窗，并肩战斗过，了解撰写博士学位论文的艰辛，我没想过书出版后要如何推广，我只是把它看作一个阶段性的成果，希望找个见证人，所以才找老同学的。"我曾把我的随笔集《青春，就是用来追问的——一位大学老师的答问日志》赠送给她，她评价说："你的书是用了心去写的，能感觉到你对学生的感情。"那么，我也用了心去写这篇文字，表达一种同窗之情吧。

我们于 2006 年进入暨南大学攻读博士学位。没有读过博士的人以为读博很容易，我认识的人当中有的认为它就是看作品；而有的人则说每逢看一些博士学位论文的后记，怎么都一字一泪似的，觉得不可思议。但是当他自己也读博士的时候，才发觉真的苦不堪言。

这让我回忆起同窗岁月，恰同学少年，风华正茂。梁晴曾经对我和同门曾锋说：“学术是在没有阳光的地方做出来的。”当时还年轻漂亮的她也许是体味到了读博的艰辛了，让一个女性去过这种苦日子，真乃罪过。不过，她这句话在一定程度上是对的。世界上的工作，除了务农、建筑、打鱼等之外，大部分都是在室内即没有阳光的地方进行的。而且，像这样高强度的学术工作，对身体、心理的压力都比较大，且不说不少人因为写博士学位论文（或作研究）而得颈椎或腰椎病、肝炎、胃病、癌症，甚至死亡，即使较好一点的身体也吃不消，曾锋有高血压，头晕、走路迷迷糊糊，我在写作期间失眠了半年（大脑老在转，包括吃饭、散步等时候都在转），还曾经因为写得太累，胃承受不了，引发呕吐……这可以说是严重缺乏阳光。

但是阳光总在风雨后，当我们经过历练，再来回顾那一段苦乐掺杂的日子，便生出一种别样的情愫。那时候我们是相对单纯、相对阳光的，没有太多的利益纠纷，没有太多的人际瓜葛，虽然偶有争辩与不满，但不影响大局的和谐。说实在话，那一段在校的时光，至少对于我来说，是安静而美好的。往事已逝，故人各奔东西，然犹在眼前，我还能够想起我们那一届文艺学专业博士同窗的名字，与曾锋、胡吉星、梁晴、周菁、左英姿、袁文丽、王薇薇、周文萍、颜敏等的友情交往，现在甚感难得。

至于梁晴的博士学位论文，如她的书稿所言，她做的是画家高更对作家毛姆的作品方面的跨学科的影响研究，“要说明小说作品与画家及其绘画作品的联系，并不是仅仅依靠两者审美价值和美学表现的相似就能直接将它们进行‘对接’，而更为重要的是深入研究他们的书信、自传、传记和文学宣言，从中找出两人产生联系的实证，并与他们作品的主题、风格这些‘精神’上的相似性进行互证，即把比较文学的影响研究和平行研究的方法进行综合，从而发现这两位艺术家的创作之间的深层联系。在小说家毛姆对绘画艺术长达半个多世纪的浓厚兴趣这一基础上，进一步论证他从绘画作品中汲取的灵感和受到的启发”。为此，梁晴“根据两位艺术家的历史传记、书信手稿、自传等一手资料，找出实证，分析毛姆对高更产生认同的心理和社会原因”；接下来的章节，她“对高更的人生和画作进行阐释以及对毛姆的小说作品进行双向透视的细读与文本分析，在差异中寻找互渗和激发的实例，列出论据证明毛姆小说中人物形象、主题思想、艺术审美观和叙事技法这四个方面所受到的画家的启发，以及这种影响在小说文本中的具体表现”。

应该说，这部博士学位论文在影响研究的基础上作比较，言必有据，是做得比较扎实的，况且梁晴是学外语出身，其比较视野与外语功底都是可圈可点的，而文如其人，梁晴的文字不枯燥，读起来不费劲。令人惭愧的是，我对毛姆和高更都缺乏研究，只是涉猎过他们的相关作品，所以对该书没有发言权。但从中国诗画相通的传统，从鲁迅作品与美术的关系，从冯乃超与德彪西音乐的关系，从张爱玲小说与电影的关系，诸如此类的跨学科艺术关联之中，可以见出她的研究是较有价值的。

书有很多种，有的书厚重，有的书精粹，有的书飘逸，有的书尖锐，有的书平实，有的书深刻，有的书浅薄。而梁晴的书，大概是介乎精粹与平实之间的。

三年同窗，便是一种缘分。人生是一场修行，有的缘分是修来的，有的缘分修也修不来。同窗之谊，谨记于心。若你安好，便是“晴”天。

黎保荣

2015 年 4 月 12 日晚 19 点 50 分

后　记

15 年前，笔者在歌乐山下的四川外语学院攻读英美文学硕士学位，修完英国文学史，偏偏喜欢上了只被一笔带过的毛姆。相较毛姆，那些在英国文学史上地位显赫的名家总引不起我的兴趣：狄更斯太严肃，也太啰唆，稍稍轻松、诙谐的《大卫·科波菲尔》和《马丁·翟述伟》又太厚了；终生恨嫁的简·奥斯汀一辈子就纠缠在婚姻里；哈代的作品一股乡土泥腿子气；在湿冷的湖畔地区每天吃咸鱼拌冷燕麦粥的华兹华斯，写出的诗满纸孤独和凄清；看多了饱受抑郁症折磨的伍尔芙的作品，自己也会产生神经质的倾向……唯有毛姆，无论从跨度还是深度来看，他的人生都是那样的鲜活有趣，他的作品自然也具有恒久的魅力。

2006 年，我毫不犹豫地将毛姆研究作为在暨南大学攻读文艺美学博士学位的选题。本书即根据我的博士学位论文修订而成，迄今已近 6 年，但每每想到把此书付梓出版，心中难免惴惴，因为所有的这一切只源于一个疑问：毕生倾心绘画艺术的小说家毛姆难道没有从绘画中汲取创作灵感吗？跨学科研究对研究者本人要求极高，需要在两门学科理论之间纵横驰骋，但我的学力与才识有限，所幸得到我的硕士导师严忠志先生、博士导师刘绍瑾先生的鼓励、帮忙、指导与培养，使我终生感激和难忘。感谢曾经共同战斗过的同窗黎保荣兄为我写跋，让我再次走进那段虽然清贫孤单，却宁静美好的求学时光。真诚感谢母校暨南大学出版社的总编辑史小军先生和李艺、武艳飞编辑，为我的书稿指出修改方向，提供出版机会。

梁　晴

2015 年 4 月 11 日